देवता

सत्यकाम विद्यालंकार

हिन्द पॉकेट बुक्स
पेंगुइन रैंडम हाउस इम्प्रिंट

हिन्द पॉकेट बुक्स

यूएसए। कनाडा। यूके। आयरलैंड। ऑस्ट्रेलिया। सिंगापुर
न्यू ज़ीलैंड। भारत। दक्षिण अफ्रीका। चीन

हिन्द पॉकेट बुक्स, पेंगुइन रैंडम हाउस ग्रुप ऑफ़ कम्पनीज़ का हिस्सा है,
जिसका पता global.penguinrandomhouse.com पर मिलेगा

पेंगुइन रैंडम हाउस इंडिया प्रा. लि.,
चौथी मंजिल, कैपिटल टावर -1, एम जी रोड,
गुड़गांव 122 002, हरियाणा, भारत

पेंगुइन
रैंडम हाउस
इंडिया

प्रथम हिन्दी संस्करण हिन्द पॉकेट बुक्स द्वारा 1962 में प्रकाशित
यह हिन्दी संस्करण हिन्द पॉकेट बुक्स में पेंगुइन रैंडम हाउस द्वारा 2022 में प्रकाशित

10 9 8 7 6 5 4 3 2

ISBN 9789353493868

मुद्रकः रेप्रो इंडिया लिमिटेड

www.penguin.co.in

हिन्द पॉकेट बुक्स

देवता

सत्यकाम विद्यालंकार गुरुकुल कांगड़ी के संस्थापक स्वामी श्रद्धानंद के दोहते थे। पंडित इंद्र विद्यावाचस्पति उनके मामा थे।

गुरुकुल से स्नातक होने के बाद उन्होंने अपने मामा के साथ *दैनिक वीर अर्जुन* में संपादन कार्य किया। अपने क्रांतिकारी लेखों के कारण उन्हें ब्रिटिश सरकार का कोपभाजन बनना पड़ा। और उन्हें जेल की सजा हुई। सत्यकाम विद्यालंकार अपनी संपादकीय प्रतिभा के बल पर उन्नति करते हुए अंततः दैनिक *नवयुग* दिल्ली के संपादक बने और फिर 'टाइम्स ऑफ इंडिया समूह' के लोकप्रिय हिंदी साप्ताहिक *धर्मयुग* के अनेक वर्ष संपादक रहे। वहां से अवकाश प्राप्त करने के बाद उन्होंने साहित्यिक सांस्कृतिक मासिक पत्र *नवनीत* का संपादन संभाला।

सत्यकाम विद्यालंकार ने बीसियों मौलिक रचना लिखकर हिंदी साहित्य की श्रीवृद्धि की। स्वामी सत्य प्रकाश के सहयोग से चारों वेदों का अंग्रेजी में अनुवाद किया।

देवता

टेलिफोन की घंटी बजी।

घंटी तीन-चार बजती रही, मगर किसीने रिसीवर उठाया नहीं।

जिस घर में यह घंटी बज रही थी, उसमें टेलिफोन का रिसीवर उठाने के सम्बन्ध में चार जुदा-जुदा रायें थीं। घर के तीन सदस्यों के बीच चार सिद्धान्त होना विलक्षण बात थी, मगर एक व्यक्ति के दो सिद्धान्त होने से यह विलक्षणता भी स्वाभाविक बन गई थी।

वह व्यक्ति थी घर की सबसे छोटी सदस्या उषा। उषा टेलिफोन के नज़दीक ही बैठी थी, मगर वह तीन-चार घंटियां बजने के बाद भी यह तय न कर पाई थी कि रिसीवर उठाए या न उठाए। तीन-चार बार बजकर टेलिफोन चुप हो गया।

उषा ने लम्बी सांस ली। दो हिस्सों में बंधी हुई अपनी लम्बी वेणी की एक ओर की वेणी को पीछे फेंककर आरामकुर्सी पर झुकते हुए उसने सोचना शुरू किया कि वह फोन किसका होगा।

दो मिनट में उसने सब सोच लिया। घर में उसके सिवा दो व्यक्ति ही और थे। पिताजी दफ्तर जा चुके थे; और उनके सभी साथियों को मालूम था कि दस बजे के बाद फोन करना बेकार था, इसलिए यह उनका फोन हो नहीं सकता था। माताजी ने भी अपनी सब सहेलियों को हिदायत दी हुई थी कि कोई उन्हें ग्यारह बजे से पहले फोन न किया करे। माताजी अनुशासनप्रिय थीं, न वे स्वयं

कोई नियम तोड़ती थीं, न अपनी किसी भी सहेली को तोड़ने की छूट देती थीं। इसलिए यह फोन उनकी किसी सहेली को भी नहीं हो सकता था।

उषा को निश्चय हो गया कि यह फोन राकेश का ही था। इसी डर से उसने पहली घंटी पर फोन नहीं उठाया था; और इसी कारण वह फोन बन्द होने के बाद भी फोन के पास ही बैठी थी।

उषा जानती थी कि फोन की घंटी दुबारा अवश्य बजेगी। राकेश एक ही असफल प्रयत्न से निराश होनेवाला नहीं था, यह बात वह पिछले तीन साल से जान चुकी थी।

उसका अनुमान सच निकला। टेलिफोन ने फिर बजना शुरू किया। उषा के होंठों पर हंसी की हल्की-सी रेखा खिंच गई, मगर उसे दबाकर आवाज़ में बनावटी ऐंठन लाते हुए उसने कहा, "हैलो !"

दूसरी ओर से आवाज़ आई—

"उषा ! मैं तो दो घंटे से कोशिश कर रहा था, तुम्हारा टेलिफोन बिगड़ा हुआ था क्या ?"

"बिगड़ जाता तो अच्छा था।"

"अच्छा था ! क्यों ?"

"इसलिए कि तुम्हें दुबारा फोन करने का कष्ट न उठाना पड़ता।"

"तुम्हारा मतलब है, मुझे दो घंटे तक फोन पर बैठने की परेशानी होती और तुम...?"

"हां, और मैं तुम्हारी परेशानी का अन्दाज़ा लगाकर खूब मज़ा लेती।"

"नहीं, मैं तो यह नहीं कह रहा..."

“मैं तो कह रही हूं, और सच कह रही हूं।”

“तो क्या सचमुच ही तुम्हें मेरी परेशानी में मज़ा आता है ?” राकेश ने दिखावटी गम्भीरता के स्वरों में कहा।

मगर उषा ने पहली-सी सरलता से उत्तर दिया, “क्यों न आए ? तुम्हें मेरी परेशानी में आता है, तो मुझे तुम्हारी परेशानी में क्यों न आए ?”

“अच्छी बात है, मान लिया ; बातों में जीतना मुश्किल है तुम्हें।”

“तो क्यों करते हो बातें ?”

“नहीं करता, लो रखे देता हूं फोन। मगर सुनो, तुम घर पर ही हो न ? मैं आ रहा हूं। अजित, मोहन, श्यामा भी मेरे साथ हैं। पिकनिक पर चलेंगे...”

उषा कुछ कहना चाहती थी, मगर राकेश ने फोन रख दिया।

× × ×

राकेश सत्ताईस वर्ष का ऐसा बंगाली युवक था, जिसके व्यक्तित्व में पंजाब की भूमि का शरीर-सौष्ठव और बंगाल की कलात्मक प्रतिभा का आकर्षक सामंजस्य हुआ था।

उसके कंठ में वीणा के मधुर स्वरों की छाया थी। टाटा स्कूल के दीक्षान्त समारोह पर हुए स्नेह सम्मेलन में उसका संगीत सुनकर एक फिल्मी संगीत-निर्देशक इतने प्रभावित हुए थे कि उन्होंने राकेश से एक फिल्म के पार्श्वगायक के रूप में दो गीत गाने का आग्रह कर दिया था।

उसी दिन से राकेश के पंख लग गए थे। उसके पैर धरती पर नहीं पड़ते थे। उषा उसकी सहपाठिनी भी थी, और उसके संगीत की आराधिका भी। राकेश भी अपनी सफलता से उषा को प्रभावित

करने के लिए सदा लालायित रहता था।

कल ही एक फिल्म में उसके गाने का रिकार्डिंग हुआ था, जिसपर फिल्म निर्देशक से लेकर निर्माता तक सब वाह-वाह कर उठे थे। राकेश भी इस प्रथम सफलता पर रोमांचित हो उठा था। रोमांच की इस लहर से उषा को भी प्रभावित करने के लिए उसने आज पिकनिक पर जाने की योजना बनाई थी। अपने साथ जाने को वह कालेज के पुराने दो-तीन युवक साथियों को भी निमन्त्रित कर आया था।

निमंत्रित युवकों में से केवल एक व्यक्ति सोमनाथ ऐसा था जो उसका कालेजी साथी न होकर भी पिकनिक पर साथ चलने को बुलाया गया था। सोमनाथ राकेश का पड़ोसी था। दोनों दादर के गोखले रोडवाले वसन्त भवन में कई बरस आमने-सामने रहे थे। राकेश और उसके साथियों ने सोमनाथ के बारे में यह राय बना रखी थी कि वह पिकनिक के लिए बहुत रसिक साथी न होने पर भी बड़ा काम का आदमी था। गाड़ी का इंजन ठंडा हो जाए, तो वह फट कूदकर हैण्डल लगा देता था ; और कभी हैण्डल से भी गाड़ी गरम न हो, तो उसकी पहलवानी बांहें गाड़ी को दो-तीन फर्लांग तक धकेल सकती थीं।

× × ×

राकेश का निमंत्रण पाकर उषा खिल गई। टाटा स्कूल से डिप्लोमा लेने के बाद उसे प्रायः घर पर ही रहना पड़ता था। उसका घर हिन्दू कालोनी के लक्ष्मी सदन की दूसरी मंज़िल पर था। अपने माता-पिता की अकेली लड़की होने से वह उनकी बड़ी लाड़ली थी। वह चाहती, तो मां-बाप से बिना पूछे मनमानी भी कर सकती थी ; मगर, अपने लाड़ले मां-बाप को नाराज़ किए बिना ही वह सब

काम करना पसंद करती थी।

माताजी से आज्ञा कैसे ले ? अभी उसने इसपर पूरा विचार भी नहीं किया था कि माताजी ही वहां आ गईं; पूछा—

"किसका फोन था ?"

"राकेश का।"

"क्या कहता था ?"

"पिकनिक पर जाने को कहता था।"

माताजी राकेश से प्रसन्न नहीं थीं। मन ही मन वह जानती थीं कि राकेश जो कुछ कहता है वह बने-बनाए मुहावरे होते हैं, उनका कुछ अर्थ नहीं होता। कम से कम कहनेवाले के मन में नहीं होता, मगर सुननेवाले के दिल को वह शब्दावली बहुत मीठी लगती है। माताजी को भी लगे, तो आश्चर्य क्या ?

लेकिन इस समय प्रश्न बातों की मिठास का नहीं था। प्रश्न था, राकेश के साथ उषा को पिकनिक पर जाने की इजाज़त दी जाय या नहीं।

उलझन पेचीदा होने से पहले ही उषा ने उत्तर दे दिया, "मां ! राकेश अकेला नहीं है, साथ में कुछ साथी और भी हैं।"

कुछ ही मिनटों में सब साथी दरवाज़े पर आ गए। उषा दौड़कर बाहर चली गई और अगले ही क्षण दो मोटरें आग्रा रोड पर वायुवेग से दौड़ पड़ीं।

थाना पहुंचने तक मोटरें कभी रुकतीं, थमतीं और कभी फिर वेग से दौड़ पड़तीं। कभी एकदम ब्रेक लगता और कभी कोई भीमकाय लारी गाड़ी को छूती हुई सी इतनी रफ्तार से आगे निकल जाती कि

सभी सहमकर बैठ जाते। उषा के मुख से चीख-सी निकल जाती और वह पास ही बैठे सोमनाथ की बांह पर दायें हाथ की पांचों उंगलियां गड़ा देती। यह सब इतनी स्वाभाविकता से हो जाता कि किसीको यह सोचने का अवसर ही न मिलता कि उषा ने सोमनाथ की ही बांह का सहारा क्यों लिया। स्वयं सोमनाथ ने भी इसका कोई अर्थ नहीं लगाया।

राकेश अगली मोटर में बैठा था, इसलिए उषा की इस सहज प्रवृत्ति पर किसी अन्य ने विचार भी नहीं किया। लेकिन दोनों मोटरें जब अपनी मंज़िल पर पहुंच गईं, तो सबको फुरसत मिली। तब तो किसीका किसीके पास बैठने का भी गहरा अर्थ लगने लगा।

मोटरें शाम के तीन बजे तक बम्बई के पश्चिमी घाट को पार कर, सत्तर मील दूर लोनावला की झील पर पहुंच गई थीं। अक्तूबर का महीना था। लोनावला की झील जल से लबालब भरी हुई थी। एक मील लम्बे बांध में कैद झील का जल इतना शांत था कि किनारे पर उगे वृक्षों का एक-एक पत्ता पानी की परछाईं में नज़र आता था।

सभी साथी इस किनारे पर ही गोल घेरा बांधकर बैठ गए। बातों का सिलसिला परछाईं से ही शुरू हुआ। उषा ने ही बात उठाई—

"देखो, कितनी सुन्दर परछाईं है !"

सभीने इस सुहावनी सुन्दरता का समर्थन किया ; मगर इस समर्थन में सुन्दरता की सराहना से अधिक सुन्दर बात कहनेवाले के सुहावने सौन्दर्य का समर्थन था।

मित्र-मण्डली में एक ने पूछ लिया—

"न जाने क्यों, इन फूल-पत्तियों का रूप असल की बजाय परछाईं में ज़्यादा मोहक मालूम होता है।"

दूसरे ने उत्तर दिया, "परछाईं असल में सुन्दर होती है।"

"सुन्दर ही नहीं, प्रिय भी होती है।"

"प्रिय होने से सुन्दर होती है, या सुन्दर होने से प्रिय होती है ?"

सोमनाथ बोला, "जो प्रिय होता है, वही सुन्दर लगता है।"

राकेश ने उषा की ओर देखते हुए प्रतिवाद किया, "हमें तो सुन्दर वस्तु ही प्रिय लगती है—पहले सुन्दर फिर प्रिय।"

उषा ने सभीनेत्री की रस्म अदा करते हुए व्यवस्थात्मक संकेत किया, "प्रश्न तो परछाईं के सुन्दर होने का था, उसका उत्तर तो मिला ही नहीं।"

सोमनाथ ने कहा, "उसका उत्तर तो मेरे उत्तर में आ जाता है। सबको अपनी परछाईं से ज़्यादा प्रिय वस्तु कोई नहीं होती।"

उषा ने टोकते हुए कहा, "तब तो सबको अपनी परछाईं ही सबसे अधिक प्रिय होनी चाहिए।"

सोमनाथ ने कहा, "होती ही है ; और इसलिए हमें वह वस्तु सबसे अधिक प्रिय होती है, जिसमें अपनी परछाईं नज़र आए। वह चाहे..."

"दर्पण हो, झील का पानी हो, या..." बात काटते हुए राकेश ने व्यंग्य किया।

दो-तीन ने एकसाथ जवाब दिया, "या लड़की का दिल हो।"

राकेश ने कहा, "मैं तो इससे सहमत नहीं। परछाईं दिखने को तो शांत पानी चाहिए। मुझे तो चंचल लहरों का खेल सुहाता है।"

सोमनाथ बोला, "तुम ठहरे गायक, स्वरों के आघात-प्रतिघात से लहरें उठाना ही तुम्हारा काम है।"

सोमनाथ की यह बात सबको पसंद आई। सब ओर से फरमाइश हुई—"तो हो जाए इसी बात पर एक गाना।"

राकेश ऐसी फरमाइशों का सदा स्वागत करता था। उषा के सामने गाने का अवसर मिले और वह चुप रहे, यह संभव ही नहीं था। मगर गाना शुरू करने से पहले वह उषा की मंज़ूरी ज़रूर ले लेता था।

उषा राकेश के गानों पर हर बार मन्त्रमुग्ध हरिणी-सी ठगी जाती थी, इसलिए उसे भरी मजलिस में राकेश का गाना सुनना पसन्द नहीं था। तभी वह राकेश का गीत शुरू होने से पूर्व ही सबके बीच से उठकर पास में पड़ी नाव पर जा बैठी थी। उसे मालूम था कि गीत शुरू होने पर उठकर जाना अशिष्टता माना जाएगा ; मगर अपनी मजबूरी भी वह जानती थी। उसे मालूम था कि राकेश के स्वरों का ज्वार उसे चारों ओर से घेर लेगा और वह उस ज्वार में ऐसी डूब जाएगी कि सांस लेना दूभर हो जाएगा।

नाव पास ही पड़ी थी। किनारे की थपकियों में नाव हल्के-हल्के झूल रही थी। राकेश का गीत शुरू होते ही अचानक हवा का झोंका भी बढ़ गया। झील के सोये पानी में हलचल होने लगी। किनारे की लहरों के थपेड़ों से नाव भी डांवाडोल हो रही थी। राकेश के स्वरों का विष उषा की नसों में भी दौड़ने लगा। वह स्वर मीठा था, मादक था ; मगर विष का सम्मोहन भी तो मधुर-मादक होता है।

वह विष उषा की नसों को बिलकुल निढाल न कर दे, इसके लिए उपाय नितान्त आवश्यक था। उषा इस विष से बचने का एक ही उपाय सोच सकी ; और वहां से उठकर वह झील के दूसरे किनारे पर चली गई।

उसके उठने के बाद, मित्र-मण्डली भी बिखर गई।

× × ×

उषा एक शिला पर अकेली बैठी थी। मगर, जिससे बचने के

लिए वह अकेले में गई थी उसी राकेश की नज़र से वह बच न सकी। राकेश भी उधर ही चल पड़ा।

दूर से ही उसे आते देख, उषा के मन में हल्की-सी कंपकंपी उठी। एक लहर-सी घूम गई उसकी नस-नस में। आंखों के आगे कुछ भी ऐसा स्थिर न रहा कि हिलता ही न हो। बूढ़े वृक्ष की पतली शाखाएं और नवजात कोंपले ही नहीं, स्थूल-स्थाणु जड़ें भी एक हिलोर में कांप-सी गईं।

किन्तु हवा के एक झोंके के बाद जैसे शाख पर बैठा पक्षी शाख पर पंजे गड़ाकर बैठ जाता है वैसे ही उसने भी अपने को संभाल लिया।

थोड़ी देर बाद उषा ने देखा, राकेश काफी नज़दीक आ गया था। उसके कदम आगे ही आगे बढ़ रहे थे। उसे ऐसा प्रतीत हुआ झील का पानी करीब बीस फुट ऊंचा चढ़ गया है और पानी की ऊंची दीवार उसकी ओर बढ़ रही है, जो यदि कुछ भी और आगे आ गई तो वह उसमें समूची समा जाएगी।

और जब राकेश ने नज़दीक आकर पुकारा तो वह ऐसे चौंक उठी, मानो उसने अचानक ही कोई डरावनी आवाज़ सुनी हो।

राकेश ने कहा, "अरे ! डर गईं क्या ?"

डर के मारे सूखे गले से हंसने का यत्न करते हुए उसने कहा, "डरना किससे ? तुम कोई जंगली जानवर थोड़े ही हो ?"

उषा के पास बैठते हुए, राकेश ने आवाज़ में व्यंग्य का स्वर मिलाते हुए कहा, "तुम मुझे जंगली भी समझती हो और जानवर भी।"

"यह तुम्हारी कल्पना है।" उषा ने संभलते हुए जवाब दिया।

गंभीर और स्थिर स्वर में राकेश ने पूछा, "एक बात बताओगी ?"

"एक ही क्यों ? दस पूछो !"

"यह एक ही दस के बराबर है।"

"तो मेरा एक जवाब भी ग्यारह के बराबर होगा, विश्वास रखो!"

"मैं पूछता हूं, तुम अभी मुझसे डर क्यों गई थीं?"

उषा थोड़ी देर विचार में पड़ गई, बोली नहीं।

राकेश ने कहा, "मैं जवाब का इन्तज़ार कर रहा हूं।"

"जवाब ही सोच रही हूं मैं...उतावले न बनो।"

"अच्छी बात है, जब सूझ जाए तो बतला देना।" कहकर राकेश एक गीत गुनगुनाने लगा।

उषा ने कहा, "तुम यह गुनगुनाना बन्द कर दो।"

"क्यों बन्द कर दूं?"

"इसलिए कि तुम्हारी गुनगुनाहट मुझे कुछ सोचने नहीं देती; और मैं तुम्हारे प्रश्न का उत्तर सोच रही हूं।"

"सोच लो, सोच लो।" राकेश बोला।

"बस सोच लिया।"

"तो कह दो।"

"कहना ज़रूरी है क्या?"

"कोई आपत्ति हो, तो भले ही न कहो।"

"अच्छा कहती हूं, लेकिन अपना प्रश्न एक बार दुहरा दो।"

राकेश ने दुहराया, "मैं पूछता हूं, तुम मुझसे डर क्यों गई थीं?"

"मेरा उत्तर यह है कि मैं तुमसे नहीं, अपने से डरी थी।"

"अपने से क्यों डरी थीं?...भला अपने से कोई डरता है!"

"अपने से डरना दूसरे से डरने की अपेक्षा बड़ा डर होता है।"

"यह तो पहेलियां बूझने लगीं तुम!"

"नहीं, पहेलियां नहीं, यही यथार्थ है।"

"खैर, मैं ऐसा दार्शनिक नहीं कि तुम्हारी गूढ़ बातों का अर्थ जानूं, जो कहती हो वही मान लेता हूं। मगर, अपने से क्या डर था तुम्हें ?"

"यही कि कहीं मैं तुम्हारे गीतों में उलझकर अपना सब कुछ न खो बैठूं।"

"मुझे नहीं पता था कि मेरे गीतों में इतनी पकड़ है।" राकेश ने आत्मश्लाघा से उभरे मन के साथ कहा और गुनगुनाना शुरू किया।

उषा ने लाचारी-भरी आंखों से देखा, तो राकेश का गुनगुनाना बन्द हो गया।

"रुक क्यों गए अब, गाओ !"

"नहीं, अब नहीं गाऊंगा।"

"क्यों ?"

"तुमसे डर लगता है।"

"यह भी खूब है ! तुम्हें मुझसे डर लगता है, और मुझे तुमसे। भला मुझसे क्यों डर लगता है ?"

"इसलिए कि तुम्हें देखकर मैं मजबूर हो जाता हूं।"

"अच्छा ! क्या करने को मजबूर हो जाते हो ?"

"गाने को।"

"तो गाना तुम्हारी मजबूरी है, यह तो मैंने आज ही सुना।"

"सुन लिया, यही शुक्र है।"

"तो एक बात और बताओ।"

"पूछो।"

"मजबूरी के बिना क्या काम करने की इच्छा होती है तुम्हारी ?"

"कह दूं।"

"ज़रूर..."

"ज़रा पास आओ तो बताऊं।" राकेश ने विनय-भरे स्वर में कहा।

उषा ज़रा नज़दीक झुक गई। राकेश ने पास के एक जंगली पौधे से फूल-पत्तियां तोड़कर उषा के नंगे पैरों के गोरे-गोरे तलवों पर बखेरते हुए कहा—

"मेरा मन तो यही करने को चाहता है।"

"बस ?" उषा ने स्वर में थोड़ी-सी शरारत मिलाते हुए कहा।

"अभी तो इतनी ही गुस्ताखी माफ नहीं होती।"

"गुस्ताखी या खुशामद ?" उषा ने उठकर चलने की तैयारी करते हुए पूछा।

राकेश कुछ उत्तर दे, इससे पहले उषा ने एक और बात पूछ ली—

"कितनी देवियों के तलवों पर फूल-पत्तियां चढ़ा चुके हो राकेश ?"

राकेश चुप था। वह समझता था कि उषा का पार पाना कठिन है।

× × ×

थोड़ी देर बाद, सब लोग लौट पड़े। दोनों मोटरें पूना रोड से बम्बई की ओर चल पड़ीं।

लोनावला से खण्डाला तक समतल पहाड़ियां हैं। खण्डाला से आगे एकदम नीचा ढलान आता है और टेढ़े-मेढ़े घुमाव शुरू हो जाते हैं। उन घुमावदार घेरों को देखकर राकेश ने कहा—

"शायद पश्चिमी घाट के पर्वतों की वक्र रेखा और इसके ट्विस्टों को देखकर ही किसी नर्तक को ट्विस्टों डांस का आइडिया आया होगा।"

"इन ट्विस्टों की बदौलत ही नृत्य की नवीन सृजनात्मकता

बनी हुई है। ट्विस्ट न होते, तो नृत्य शैली का अन्त ही हो जाता।" दूसरी मोटर में बैठे हुए राकेश के एक मित्र ने टिप्पणी की।

राकेश और उषा दोनों ट्विस्ट डांस में माहिर थे। अपने मां-बाप से चोरी-चोरी दोनों ने इस आधुनिकतम नृत्य शैली का खूब अभ्यास किया था। तभी से दोनों का युगल नृत्य होटलों के जाम-सेशनों का मुख्य आकर्षण भी बन गया था।

युगल नृत्य में सहभागी होते-होते दोनों के दिलों में एक-दूसरे के लिए लगाव एवं निकट रहने की इच्छा उत्कट हो चुकी थी। मगर, दोनों में वैसा संकोच-शील नहीं रहा था जो नये वर-वधू में होता है। इसलिए दोनों सशंकित थे। मन ही मन एक-दूसरे को स्वीकार करने के बाद भी दोनों में से कोई प्रस्ताव करने की पहल नहीं कर रहा था। शायद दोनों दिलों में छिपी इच्छा को शब्द देने के लिए डूबते हुए सूरज ने उन्हें इशारा दिया ; और उषा के कहते ही, राकेश ने अपनी मोटर खण्डाला-बाग के दरवाज़े पर रोक दी।

बाग खण्डाला घाटी के पूर्वीय पर्वत-शिखर पर बना हुआ है। नीचे की खाई इतनी गहरी है कि पत्थर फेंकने के बाद उसके टकराने-टूटने की आवाज़ ऊपर तक नहीं पहुंचती। पूर्व की ओर सहयाद्रि की शिखर रेखा आसमान को छूती हुई दक्षिण से उत्तर तक फैली हुई है। थोड़ी दूर पर छोटे-छोटे पर्वत-शृंग बिखरे हुए हैं। शिखर की छोटी-सी समतल भूमि पर छोटे-छोटे बंगले बने हैं।

एक बंगले की ओर इशारा करते हुए राकेश ने कहा—

"देखो उषा, उस बंगले के पास की ज़मीन पर 'बहिश्त' नाम से एक कालोनी बन रही है। मैंने सोचा है, मैं भी एक काटेज का स्थान सुरक्षित करा लूं।"

"बड़ी खुशी की बात है।" उषा ने विशेष ध्यान दिए बिना ही कह दिया।

नाराज़गी के साथ राकेश ने कहा, "खुशी की बात कौन-सी है ?"

"यही, कि तुम भी सोच सकते हो।"

"तुम्हारा ख्याल था कि मेरे पास क्या अक्ल नहीं है !"

"होने और इस्तेमाल करने में बहुत फर्क है। उपयोग न करो तो अक्ल का होना, न होना बराबर ही है।" उषा ने जवाब दिया।

"तब तो वह बात, जो मैंने सोची थी, और भी ज़रूरी हो गई है"

"वह कौन-सी बात ?"

"यही, कि तुम्हारे साथ रहूं, अक्लवाले के साथ रहकर ही अक्ल की पूर्ति हो सकती है।" राकेश ने उत्तर दिया।

"हां, अगर अक्लवाला बेअक्ल से ज़्यादा असर रखता हो, नहीं तो अक्ल वाला अपनी अक्ल भी खो देता है।"

यह बात मज़ाक में उड़ गई। मगर राकेश को इतना अनुभव अवश्य हो गया कि उषा के और निकट आने के लिए परिस्थिति अनुकूल है। उषा को एक ओर ले जाकर वह बड़ी संजीदगी से कहने लगा, "उषा ! अब यहां मेरा बंगला बनने में देर नहीं है।"

"कैसे ?"

"मेरी फिल्म का प्रोड्यूसर भी यहीं रहता है..."

"...तो उसके 'आउट हाउस' में रहना है क्या ?"

"नहीं बाबा ! हमें प्रोड्यूसर से क्या लेना। शायद तुम्हें नहीं मालूम कि पार्श्वगायकों में मेरी गिनती भी होने लगी है। दो-चार फिल्मों के बाद तो मेरा नाम बच्चे-बच्चे की ज़बान पर होगा। सब मुझे जान जाएंगे।"

"अवश्य जान जाएंगे—बच्चे ही क्यों, जवान भी ; और जवान लड़कियां तो तुम्हारे गाने गुनगुनाने भी लगेंगी।"

राकेश ने संजीदगी से फिर कहा, "मगर उस जानने से क्या, जिसे तुम ही न जानो।"

"मेरे जानने, न जानने से तुम्हारा क्या बनता-बिगड़ता है।" उषा ने ऐसी अदा से कहा जो सुननेवाले को दिल की बात कहने को मजबूर कर देती है।

राकेश ने उतावले स्वर में कहा, "उषा, तुम मेरे बंगले में आने का वायदा करो, तो मैं कल ही बनवा लूं।"

"यदि मेरे वायदा करने से ही तुम्हारा घर बनता हो, तो वायदा भी कर लेती हूं।" उषा के स्वर में स्वीकृति-अस्वीकृति दोनों का भाव था। वह टटोलना चाहती थी राकेश के मन को, कि क्या वह सचमुच उसे जीवन-संगिनी बनाना चाहता है।

मगर वह स्वयं अपने दिल की बात नहीं जानती थी। राकेश के बाह्य व्यक्तित्व और स्वर-माधुर्य पर उसका तन-मन समर्पित हो जाता था, किन्तु उसका अन्तर्मन अभी उससे बिलकुल ओझल था। उसका जो आभास मिला था, वह इतना स्पष्ट नहीं था कि उषा निःशंक हो सके।

कुछ सोचकर उषा ने पूछा, "एक बात बताओ, तुम कितनी लड़कियों से बंगला बनाने और उन्हें उसमें बुलाने की बात कह चुके हो ?"

राकेश मानो पिछली सब बातें याद करके कह रहा हो ; बोला, "सच यह है उषा, बुलाने को तो मैं कइयों को कह चुका हूं, मगर बसाने को पहली बार तुम्हें ही कह रहा हूं।"

'धन्यवाद' कहकर उषा ने अपने हृदय में उठते हुए पुलक-प्रवाह

को छिपा लिया।

"तुमने कुछ उत्तर नहीं दिया, उषा !" राकेश ने फिर अपना प्रश्न दुहराया।

"सब प्रश्न उत्तर देने के लिए नहीं होते।" उषा ने कहा ; और फिर वह मोटर में जा बैठी।

मोटर खण्डाला से उतरकर पहाड़ के घुमावदार रास्तों पर तेज़ी से चल पड़ी।

उस मोटर में वे ही दोनों बैठे थे। बाकी साथी पिछली गाड़ी में बैठे थे।

अक्तूबर मास में पश्चिमी पर्वतमाला की घाटियां बहुत हरी-भरी हो जाती हैं। उनके शिखर भाग से चांदी के स्राव फूट पड़ते हैं। हर नये मोड़ पर नया झरना मिलता है। यह सब इतना मनोरम होता है कि चतुर से चतुर ड्राइवर की आंख भी कभी-कभी उन दूर के दृश्यों पर अटककर सामने के पत्थर को देखना भूल जाती है। राकेश से भी यही भूल हो गई। एक तीखे मोड़ पर उसने बिना ब्रेक लगाए मोटर मोड़ने की कोशिश की, तो मोटर का बायां पहिया सड़क के किनारे की आगे बढ़ी हुई नुकीली काली शिला से टकरा गया। गाड़ी तेज़ी से दायीं ओर मुड़ी। वहां एक बड़ा पत्थर था, उससे दायां पहिया टकराया, पत्थर नीचे गिर गया और साथ ही मोटर भी सड़क से उछलकर नीचे खड्ड में जा गिरी। खड्ड ज़्यादा गहरा नहीं था। तीन हाथ नीचे समतल भूमि थी। चालीस मील के वेग से दौड़ती मोटर के लिए तीन हाथ का खड्ड भी बहुत होता है। भयानक झटके के साथ मोटर टेढ़ी होकर दो पहियों के बल जा गिरी। मोटर टेढ़ी हो जाने से पेट्रोल के बक्स का ढकना खुल गया। ढकना पहले ही ढीला था, या शायद लोनावला में नया पेट्रोल डलवाते समय राकेश ढकना लगाना भूल गया था। पेट्रोल

बिखरकर नीचे फैल गया। नीचे ज़मीन की घास सूखी थी, और शायद कुछ देर पहले ही वहां किसी मोटरवाले ने अधजली सिगरेट फेंकी थी। घास में आग लग गई।

राकेश की मोटर के कुछ फासले पर ही पिकनिक पार्टी की दूसरी मोटर आ रही थी। वह न आती, तो राकेश और उषा अपनी मोटर में ही भस्म हो जाते।

दोनों अपनी मोटर में बेहोश पड़े थे। मगर जिस ओर राकेश बैठा था, वह ऊपर उठा हुआ था। उसका दरवाज़ा भी बाहर से खुल गया। दूसरी मोटर से उतरकर सोमनाथ ने उसे बाहर खींच लिया। मगर उषा जिस सीट पर बैठी थी, वह ज़मीन पर लगी हुई थी। उसका दरवाज़ा भी पिचककर इतना टेढ़ा हो गया था कि उसका खुलना संभव ही नहीं था।

राकेश को जल्दी ही बाहर निकाल लिया गया, मगर उषा अभी बेहोश हालत में मोटर के अन्दर ही धंसी पड़ी थी। मोटर के चारों ओर लगी आग मोटर की ओर बढ़ रही थी। गनीमत यही थी कि अधजली सिगरेट ने ज़मीन पर बिखरे पेट्रोल के उस भाग को ही सुलगाया था जो मोटर से दूर था।

सोमनाथ और दूसरे साथियों ने मोटर को सीधा करने की बहुत कोशिश की ; मगर वह सीधी नहीं हुई। बाद में, यह कोशिश छोड़ भी दी गई ; क्योंकि उन्होंने देखा, उषा का एक पैर दरवाज़े की इस्पाती चादरों और सीट की छड़ों में उलझा हुआ है—'मोटर को झटके से उलटाया गया तो संभव है पैर की हड्डी टूट जाय।'

सभी विचार में पड़ गए, कैसे उषा को मोटर से बाहर निकाला जाय। मगर, विचार का समय कहां था ! अचानक आग की लपटें मोटर की ओर बढ़ने लगीं। लपटों के डर से दूसरे साथी डर रहे थे।

ऐसे समय सोमनाथ ने साहस दिखलाया। नंगे हाथों से उसने घास पर फैलती आग बुझाने का साहस किया। नंगे पैरों से भी उसने लपटों को कुचलने की कोशिश की।

मोटर के जैक की मज़बूत लोहे की मोटी छड़ लेकर वह उल्टी पड़ी मोटर के अन्दर घुस गया। जिन तारों में और लोहे की चादरों में उषा का पैर उलझा हुआ था उन्हें एक-एक करके उसने अलहदा करने की कोशिश की।

मगर आग की लपटें मोटर के बहुत नज़दीक आ गई थीं। कुछ ही क्षणों में लोहे की चादर तवे की तरह तपने लगी। लपटों से साड़ी को आग न लग जाए, इसलिए उषा की साड़ी को झटके से खोलकर अलग करना पड़ा।

उषा अब कुछ होश में आ गई थी। वह खुद पैर को झटके देकर छुड़ा रही थी, मगर इन झटकों से उसका पैर और ज़ख्मी हो गया था। आग की लपटें मोटर के अन्दर पहुंच रही थीं। सोमनाथ ने तब तपती हुई मोटर पर निरंतर प्रहार करके मोटर के पुर्ज़े ढीले किए और आधी बेहोश उषा को बांहों में जकड़कर बाहर निकाला।

सोमनाथ की बांहों में उषा को देखकर राकेश को अवश्य रश्क होता, मगर उसने भी कहा—

"सोमनाथ ! तुमने शेर के जबड़े में फंसे हरिण को बचा लिया। बड़े बहादुर हो तुम !"

घटनास्थल पर एक-दो और मोटरें भी खड़ी हो गई थीं। उन मोटरों में लिटाकर उषा, राकेश और सोमनाथ को लोकमान्य अस्पताल के एमर्जेन्सी वार्ड में ले जाया गया। राकेश को विशेष क्षति नहीं पहुंची

थी। केवल धक्का-मात्र लगा था। अस्पताल पहुंचने तक उसकी दशा स्वस्थ पुरुष जैसी हो गई थी। मगर सोमनाथ के हाथ-पैर का एक भाग काफी झुलस गया था। हाथ-पैर के तलवों पर छाले उभर आए थे। दवा-दारू के लिए उसे अस्पताल में रोक लिया गया। उषा का तो एक पैर घुटने तक इतना झुलस गया था कि डाक्टर ने चिन्ता प्रकट की। उसके मां-बाप दादर मेन रोड पर रहते थे। फोन करके उन्हें बुलाया गया। उनसे पूछा गया कि क्या वे आवश्यकता पड़ने पर उषा का पैर काटने की सहमति देंगे। उषा के पिता मध्यम स्थिति के श्रद्धालु व्यक्ति थे। 'ईश्वरेच्छा' कहकर वे बड़ी से बड़ी आपत्ति का अभिनन्दन कर लेते थे, किन्तु लड़की के अपंग होने की कल्पना से वे विचलित हो गए। डॉक्टर से उन्होंने कहा—

"आप दो-तीन दिन चिकित्सा कीजिए, उसके बाद ईश्वर की इच्छा स्वीकार्य होगी।"

उषा के पिता अगले दो दिन निरंतर प्रार्थनारत रहे—'हे प्रभु, मैंने यदि कोई भी पुण्य किया है तो मेरी पुत्री को पूर्ण स्वस्थ कर दे।' उन्हें मालूम था कि ईश्वर ऐसी प्रार्थनाओं से प्रभावित नहीं होता, किन्तु प्रार्थी का हृदय अवश्य तीव्र से तीव्र कष्ट सहन करने में सक्षम हो जाता है। इसलिए उन्होंने प्रार्थना को जीवन का अंग बना लिया था।

डाक्टर ने मरहम-पट्टी करके दो दिन प्रतीक्षा करने का वचन दिया।

उषा अभी तक आधी बेहोशी में थी। कुछ होश आने पर, आंखें खुलते ही, उसने अपने सामने के पलंग पर सोमनाथ को लेटे देखा।

सोमनाथ के हाथ-पैर पट्टियों से बंधे थे। पट्टियां देखते ही उसे सब याद हो आया। सोमनाथ के प्रति कृतज्ञता प्रकट करने का यह समय

नहीं था, किन्तु उसकी आंखें कृतज्ञ भावना से गीली हो आईं।

अभी तक सोमनाथ के सम्बन्ध में उषा को इतना ही मालूम था कि वह एक ओजस्वी युवक है, जो दिल्ली के किसी देहात का रहनेवाला है और जो इण्टर होने के बाद सोशल साइन्सेज़ का कोर्स करने 'टाटा स्कूल आफ सोशल साइन्सेज़' में भर्ती हुआ था। उसके पिता दिल्ली से पचीस मील दूर के गांव न्याहू के त्यागी परिवार के थे, जो 'दिल्ली सिल्क मिल' में क्लर्क थे ; और वे सोमनाथ को 'दिल्ली सिल्क मिल' का लेबर आफिसर बनाना चाहते थे। इसलिए उन्होंने सोमनाथ को बम्बई भेजा था। मगर एक साल बाद ही पिता का देहान्त हो गया और सोमनाथ को पढ़ाई छोड़कर तुरन्त नौकरी करनी पड़ी। अखबार में फाकर मैन की भर्ती का इश्तहार निकला। सोमनाथ के डीलडौल को देखकर फायर आफिसर ने उसका चुनाव कर लिया।

अगले दिन उषा के माता-पिता जब अस्पताल में अपनी लड़की को देखने आए, तो उषा ने पूरी घटना की चर्चा करते हुए यह चर्चा भी कर दी कि सोमनाथ ने अपनी जान जोखिम में डालकर उसकी जान बचाई थी। अपनी लड़की के प्राणरक्षक का स्वास्थ्य पूछते हुए उषा के पिता की आंखें डबडबा आई थीं।

सोमनाथ के चेहरे पर इतनी सौम्य-सात्त्विक शांति थी कि उषा के पिता देर तक उसे देखते रहे। उसकी आंखों में अतुलनीय स्वच्छता और स्थिरता थी। यह प्रशान्त किन्तु ओजस्विनी दृष्टि उन्होंने आज तक किसी युवक में नहीं देखी थी।

सोमनाथ के मस्तक पर हाथ रखकर उन्होंने कहा, "सोमनाथ ! मैंने अपनी लड़की से सब सुन लिया है। मैं तुम्हारा उपकार कभी न भूलूंगा।"

सोमनाथ ने रुंधे स्वर में उत्तर दिया, "यह तो मेरा फ़र्ज़ था। शर्मिन्दा न करें आप।"

तीन-चार दिनों के उपचार के बाद डाक्टरों ने कह दिया कि उषा की टांग काटनी नहीं पड़ेगी, तो उसके माता-पिता की आंखों से आनन्द के अश्रुओं की अविरल धारा बह उठी। उन आंसुओं में सोमनाथ के आनन्दाश्रु भी मिल गए।

मगर, उस समय राकेश की अनुपस्थिति उषा को खटक गई। उषा जब से होश में आई थी तभी से राकेश वहां नहीं आया था। उसकी आंखें दरवाज़े पर लगी रहती थीं। मगर, राकेश के अलावा सब आ गए थे, एक वही नहीं आया था।

× × ×

"राकेश को ज़्यादा चोट तो नहीं लगी ?" यह प्रश्न वह कई बार पूछ चुकी थी ; और उसका यह उत्तर भी मिल चुका था कि "नहीं, वह सर्वथा स्वस्थ है ?" तब वह आया क्यों नहीं ? इस प्रश्न का कुछ भी समाधान नहीं मिल रहा था।

सोमनाथ के सामने यह प्रश्न खुलकर भी नहीं रख सकती थी। उसे मालूम था सोमनाथ इस प्रश्न से प्रसन्न नहीं होगा।

सोमनाथ को इसका उत्तर मालूम था, किन्तु वह स्वयं प्रश्न उठाकर उत्तर देना नहीं चाहता था। वह नहीं चाहता था कि किसी भी रूप में वह उषा और राकेश के बीच बढ़ती हुई दूरी का सूचक भी बने।

मगर इस प्रश्न के असमाधान ने भी उषा के मन में जो बेचैनी भर दी थी वह भी करुणास्पद हो गई थी। इसलिए उसने अवसर पाते ही सचाई कह देना अपना कर्तव्य समझा।

× × ×

वह अवसर भी शीघ्र आ गया। उसी शाम रेडियो पर राकेश का स्वर सुनाई दिया। आवाज़ सुनते ही उषा का हृदय झनझना उठा। मानो कोई चीज़ अचानक हाथ आ गई हो। मगर, अगले ही क्षण मन की सिहरन गहरी उदासी में डूब गई। केवल एक प्रश्न होंठों पर आया जो दबी ज़ुबान में उसने कह डाला, मानो अपने से ही कह रही हो—"अजीब बात है, राकेश यहीं है, फिर भी नहीं आया!"

सोमनाथ से अब न रहा गया। 'सत्य ही ऐसा साधन है जो मन को उन्मुक्त कर सकता है'—यह सोचकर उसने सचाई ज़ाहिर कर दी, "जब वह आया था तुम होश में नहीं थीं।"

"अब तो मैं होश में हूं, अब क्यों नहीं आया?"

"अपने मन की बात तो वही जाने! मगर, मेरा अनुमान है..." कहकर सोमनाथ चुप हो गया।

"क्या अनुमान है आपका?"

"अनुमान अप्रिय हो, तो नहीं कहना चाहिए। नीतिकारों ने भी सत्य के अप्रिय होने पर भी मौन रहने की सलाह दी है। फिर अप्रिय अनुमान को कह देना तो सरासर भूल होगी।"

उषा समझदार थी। समझदार को इशारा काफी होता है। अप्रिय सत्य क्या हो सकता है, इसकी कल्पना कठिन नहीं थी। अभी-अभी डाक्टर उसके माता-पिता को कह रहे थे, 'टांग काटनी तो नहीं पड़ेगी, मगर......' इस मगर के आगे के वाक्य का भी उषा ने अनुमान लगा लिया था। वह समझ गई थी कि उसकी एक टांग सदा के लिए विकृत हो गई है। हो सकता है, उसका मांस झुलसकर लटक गया हो। डाक्टरों ने अभी पट्टी नहीं खोली थी, इसलिए विकृति के रूप का सही अन्दाज़ लगाना कठिन था; मगर विकृति

होने की बात पक्की थी।

उषा अपने से बातें करने लगी—'तेरा रूप बिगड़ गया है। तू राकेश की आंखों से गिर गई है। उसे क्या गरज़ कि वह एक अपंग लड़की को गले बांधे। उसकी आवाज़ पर सैकड़ों लड़कियां पिघलती हैं। तू उसका ध्यान छोड़ दे। ईश्वर ने तेरा जीवन बदल दिया है। तू वह नहीं रही, जो दस दिन पहले थी। उन सपनों को भूल जा, भूल जा!'

अपने ही अन्दर से उठती हुई यह पुकार सुनकर उषा के मुख से चीख निकल गई।

सोमनाथ उषा के मन में उठती लहरों का अन्दाज़ लगा सकता था। सोमनाथ जानता था, उषा राकेश के स्वरजाल में कैद हुई ऐसी मछली है जिसके भाग्य में कुछ दिन तड़पना लिखा है।

दो दिन बाद, सोमनाथ के घाव भर गए। अस्पताल से विदा होते हुए वह उषा के पलंग के पास गया और बोला—

"उषा! मैं राकेश से मिलकर उसे तुम्हारे पास लाने की कोशिश करूंगा।"

"नहीं, हर्गिज़ नहीं, मैं उससे नहीं मिलना चाहती। वह उषा मर गई जो पहले थी। अब यह शरीर दूसरा है। इसका राकेश से कोई लगाव नहीं। उसे यहां लाने की कोशिश न करना सोमनाथ, हर्गिज़ नहीं।"

स्वाभिमानिनी उषा यह कैसे बर्दाश्त कर सकती थी कि जो आदमी प्रार्थी बनकर द्वार पर आया था उसके आगे भिक्षा की झोली पसारे।

सोमनाथ जाने को ही था कि उषा के माता-पिता आ गए। उन्होंने सोमनाथ से आग्रह किया कि वह एक सप्ताह बाद उनके घर अवश्य आए। सोमनाथ के उपकारों से नहीं बल्कि उसके व्यक्तित्व से भी वे बहुत प्रभावित हुए थे। उषा के पास बैठकर दोनों के मुख से स्वतः सोमनाथ की प्रशंसा होने लगी। उनकी यह योजना कभी नहीं था कि उषा का मन सोमनाथ की ओर झुके ; लेकिन उषा बड़े धैर्य से सब सुनती रही।

शब्द का प्रभाव अमिट होता है। हृदय जिन शब्दों को ग्रहण करता है, उन्हें प्राणों का हर स्पन्दन आत्मसात् कर लेता है।

उषा की सांसों में अब धीरे-धीरे सोमनाथ का नाम मिल रहा था। उसकी सौम्य आकृति पर उषा समर्पित होती जा रही थी।

इसीलिए दूसरे दिन जब वह अस्पताल में मिलने आया तो उषा की आंखें उसके चेहरे पर स्थिर नहीं होती थीं। उषा ने कहा—

"आपने मेरा जीवन बचाया, मैं कृतज्ञ हूं। कोई भी ऐसे संकट में आ जाता तो आप बचा देते। मगर, शायद आपने बिना विचारे ही ऐसा किया ?"

सोमनाथ ने उषा की बात का गूढ़ार्थ समझने की कोशिश किए बिना कहा—

"प्राणरक्षा में विचार-विकल्प करने का अवकाश ही कहां होता है ?"

"तभी तो भूल हो जाती है।"

"भूल कैसी ?" सोमनाथ को आश्चर्य हुआ।

"जैसी मेरी प्राणरक्षा करने में हुई।"

"यह भूल है, तो भूल करना ही अच्छा है।"

"आपकी दृष्टि में अच्छा है, मगर जिसके संबंध में भूल हुई हो,

शायद उसकी दृष्टि में यह अच्छा नहीं हुआ, भूल निरर्थक हो गई।"

"कल्याण का कार्य कभी निरर्थक नहीं होता।" सोमनाथ ने उत्तर दिया।

"किसी के कल्याण-कार्य में किसीका अकल्याण भी तो हो सकता है।" उषा ने एक-एक शब्द तोलते हुए उत्तर दिया।

"आप ऐसा क्यों समझती हैं ?"

"इसलिए कि इस असहाय-सी अवस्था में मुझे लाचारी की ज़िन्दगी बितानी होगी। मैं ऐसी बेबस ज़िन्दगी को मौत से बदतर मानती हूं।"

सोमनाथ ने कुछ संभलकर कहा—

"आपने असहाय कैसे मान लिया अपने को ?"

"मेरा पैर झुलस गया है, इससे क्या असहाय न हो जाऊंगी मैं ?"

"आपका पैर झुलसकर बेकार तो नहीं हुआ है ! थोड़े दिन और इलाज होगा, तो आप पहले की तरह चल-फिर सकेंगी, सब काम-काज वैसे ही कर सकेंगी, जैसे कोई और लड़की करती है।" सोमनाथ ने आश्वासन देते हुए कहा।

उषा कहना तो यह चाहती थी—'मेरे झुलसे पैर का रूप बिगड़ जाएगा। पैर में महावर लगाकर मैं किसे रिझा सकूंगी। अब मैं नाच भी न सकूंगी। बड़ी मुश्किल से मैंने बालरूम-डांस सीखा था। राकेश के साथ क्लब जाकर भी नाच किया था। तमन्ना थी कि शादी के बाद नाचने की छूट मिल जाएगी। पर सब व्यर्थ हो गया...' मगर कहा केवल यह—"सब काम-काज वैसे ही कैसे चलेगा ? इन कुरूप पैरों को कहां छिपा सकूंगी। मैं समझती हूं कि मेरी तो ज़िन्दगी बरबाद हो गई।"

कहते-कहते उषा का गला भर आया। आंखों में आंसू भर

आए। सिसकियों में ये शब्द फूटकर बाहर निकले—

"अब पिताजी की चिन्ता कैसे दूर होगी ? जन्म-भर उनका भार बनकर रहना होगा।"

उषा सचमुच यही समझती थी कि इन कुरूप पैरों के साथ कौन उसे अपनाएगा। शक्ल-सूरत से वह सामान्य लड़की थी। स्वभाव से चपल और मिलनसार होने के कारण कालेज में उसके मित्रों की संख्या बढ़ गई थी। मगर उन मित्रों में राकेश जैसे मनमौजी, हंसने-खेलने के साथियों की गिनती ज़्यादा थी। मन की सरल-सीधी होने से वह राकेश के फन्दे में आ गई थी ; और यही विश्वास करने लगी थी कि राकेश उसका मज़बूत सहारा बनेगा।

मगर, राकेश का उल्टा रुख देखने के बाद उसका मन बिलकुल बेसहारा हो गया था। भविष्य में उसे अंधेरा ही अंधेरा नज़र आता था। उस गहरे अंधेरे से डरकर रोते हुए उसने सोमनाथ के सामने ये शब्द कहे थे—'अब जन्म-भर पिताजी का भार बनकर रहना होगा।'

सोमनाथ के मन में उस समय कई विचारों के झोंके आकर टकरा गए। उषा को एक चंचल, तड़क-भड़क और नाच-रंग की रंगीनियों में डूबी लड़की मानकर उसने कभी उसे साथी बनाने का स्वप्न भी नहीं लिया था। वह मानता था कि वह केवल राकेश जैसे खिलाड़ी और रंगीन युवक की ही साथिन बन सकती है। एक सप्ताह पहले यह बात भी सोलह आना सच थी, मगर अब उसकी ज़िन्दगी ने नया मोड़ लिया है। अब उसके पुराने रंगीन साथी नहीं रहेंगे। 'तो क्या सचमुच ही वह बेसहारा हो गई।' सोमनाथ के मन में यह विचार धुंधले-से अक्षरों में लिखा जा रहा था—'क्या इस समय तू उसे नहीं अपना सकता ?'

उसी समय सोमनाथ ने उषा की ओर देखा। उषा के बिखरे बालों से ढंका चेहरा आंसुओं से गीला था। उसकी बड़ी-बड़ी आंखें अपने में ही डूबकर भविष्य के अंधेरे में किसीको टटोल रही थीं। उसके पतले होंठों की हंसी का स्थान मासूमियत ने ले लिया था।

जवान लड़की शायद तभी सबसे ज़्यादा सुन्दर होती है जब उसपर बेबसी का कोहरा छा जाय।

सोमनाथ के दिल पर उसकी यह भोली लाचार सूरत तस्वीर बनकर खिंच गई। मन ने तो कहा—'आगे बढ़ और इस कुम्हलाई कली को दिल की हथेली में सहेज ले।' पर उसे याद आ गया, इन मज़बूत हाथों ने उसे गोदी में उठाकर मौत के जबड़ों से बाहर निकाला था। उस समय यह सब वह यन्त्रचालित-सा कर गया था और भूल गया था। मगर अब उसके मन ने कहा कि आगे बढ़ और मासूम चेहरे को अपने मज़बूत हाथों में भरकर उसका जन्म सफल कर दे। इसकी कल्पना से सोमनाथ को रोमांच हो आया, दिल की धड़कन बढ़ गई ; मगर उसके पैर ज़मीन में गड़े रहे। वह एक कदम भी आगे न बढ़ सका।

फिर भी उषा ने आंख उठाकर उसकी आंखों का भाव पढ़ लिया। लड़कियों को ईश्वर ने एक अतिरिक्त प्रज्ञा दी है, जिससे वे पुरुषों के भावावेशों का परोक्ष ज्ञान भी प्राप्त कर लेती हैं।

तभी सोमनाथ से आंख मिलने पर उषा के उन आंसुओं पर, जो आंखों से ढुलककर पलकों पर ठहर गए थे, विचित्र चमक आ गई।

चलते समय उषा ने याद दिलाया, "आपने पिताजी से वायदा किया है कि आप मेरे घर आएंगे, भूलिएगा नहीं।"

वहां से बाहर जाते समय सोमनाथ के पैर बहुत धीमे उठ रहे थे ; मानो वह अपने पीछे कुछ भूला जा रहा हो ; और आगे कहां

जाना है, यह भी भूल गया हो।

उषा ने तभी पीछे से पुकारा—

"सुनिए...!"

'सुनो' न कहकर 'सुनिए' कहना भी अर्थ रखता था, जिसे सुनते ही सोमनाथ चौंककर पीछे ऐसे मुड़ा जैसे बिजली का करेण्ट छू गया हो।

"तुमने मुझे बुलाया है ?"

"जी हां ! एक बात भूल गई थी, कहना है।"

सोमनाथ लपककर उषा के पास पहुंचा—

"कहो !"

"मेरे घर जाने से पहले मुझसे मिलकर जाइएगा।" उषा ने दबी ज़बान से कहा।"

दूसरे दिन जब सोमनाथ अस्पताल आया तो लिली के एक दर्जन फूलों का गुच्छा भी लाया था।

"धन्यवाद ...कितने प्यारे हैं ये कोमल फूल" —कहकर उषा ने एक डाली का फूल हाथों में ले लिया। बाकी सब गुलदस्ते में लगा दिए।

सोमनाथ पलंग के पास पड़ी कुर्सी पर बैठ गया—

"तुमने कहा था, घर जाने से पहले यहां होकर जाना...कहो क्या बात है ?"

जिस आसानी से बात पूछी गई थी, उतनी आसान नहीं थी बात ! उषा ने भूमिका बांधते हुए कहा, "मां-बाप को अपनी लड़की की चिन्ता लग जाती है, अगर उसकी शादी में देर हो रही हो। मुमकिन है, वह तुम्हारी राय भी पूछें। तुम क्या कहोगे ?"

"शादी की चिन्ता मां-बाप करें, यह बड़ी अस्वाभाविक स्थिति है। जिसे शादी करनी है वही चिन्ताशील हो तो कदाचित् क्षम्य भी हो सकता है।" सोमनाथ ने उत्तर दिया।

"तुम तो क्षम्य-अक्षम्य, स्वाभाविक-अस्वाभाविक के चक्कर में पड़ गए। सीधी बात यह है कि यदि वे तुमसे मेरी शादी के बारे में पूछें, तो तुम क्या जवाब दोगे?"

"तुम्हारी शादी की बाबत वह मुझसे क्यों पूछेंगे?"

"मेरी न सही, अगर वे तुम्हारी बाबत ही पूछने लगें, तो क्या कहोगे?"

"मेरी बाबत पूछेंगे, तो मैं अपनी जात-पांत, ठौर-ठिकाना सब ठीक-ठीक बता दूंगा।"

"यही तो मुश्किल है। एक तो तुम बात को समझते बड़ी देर में हो, दूसरे ठीक-ठीक कहने-सुनने की भी बीमारी है तुम्हें।"

"मैं तो सरल-सीधा आदमी हूं, उषा, बातों की पेचीदगी या कला-कौशल से मेरा कोई परिचय नहीं।"

"परिचय तो तुम्हारा मुझसे भी कोई न था, मगर मेरी जान बचा दी। अब अगर बिना परिचय के मुझसे शादी भी कर लो, तो कोई आश्चर्य नहीं।"

सोमनाथ उषा की इतनी स्पष्टता, या कठोर शब्दों में कहें तो निर्लज्जता, से चौंक गया। उषा से शादी की संभावना पर उसके दिल में झनझनाहट-सी हुई। फिर भी उसने खूब समझते हुए कहा, "हमारे घरों में शादियों के लिए परिचय को विशेष महत्व नहीं दिया जाता।"

"कुछ महत्त्व तो है ही।" उषा ने तर्क किया।

"कुछ तो परिचय भी है।" सोमनाथ ने भी तर्क बढ़ाते हुए

कहा। उसकी तर्क-शैली से यह स्पष्ट हो गया था कि सोमनाथ उषा से शादी करने को तैयार ही नहीं, उत्सुक भी हो सकता है।

बातचीत का सिलसिला यहां बन्द हो सकता था, मगर उषा अभी तक वह बात नहीं कह पाई थी जो कहना चाहती थी। भूमिका की स्थिति और भी न बदल जाय, इस भय से उसने स्पष्ट ही कहा—

"दरअसल मैं तुम्हें सावधान करना चाहती थी।"

"किस खतरे से ?"

"इससे कि कहीं तुम मां-बाप के दबाव में आकर कोई ऐसी बात न मान जाओ जिसे तुम यों ठीक न समझते हो।"

सोमनाथ हंसा ; बोला, "सावधान करने के लिए धन्यवाद। तुम क्या मुझे इतना कच्चा समझती हो कि जो चाहे जैसा बना ले। मैं ऐसा मोम नहीं हूं, यह तो तुम अब तक जान गई होगी।"

उषा ने भूल सुधारने की तत्परता में क्षमा मांगते हुए कहा, "तुम मोम नहीं हो, यह तो मुझे तभी समझ लेना चाहिए था, जब तुम आग में कूदकर मुझे बचा लाए थे। फिर भी मैंने सोचा, शायद मेरे मां-बाप की बात मानकर..."

बात काटते हुए सोमनाथ बोला, "फिर भी, शायद, कहीं ऐसा न हो, वैसा न हो, आदि दुविधा-सूचक शब्द मेरे जीवन में नहीं आते।"

"हर इन्सान में कुछ दुविधाएं तो होती हैं, कमज़ोरी भी होती है ; पत्थर-सा कठोर तो कोई भी नहीं होता, नहीं तो उसके मन में दया, दर्द, सहानुभूति भी पैदा न हो।"

"दया, दर्द न हो तो अपनी जान पर खेलकर मैं आग में क्यों कूद पड़ता ?"

उषा ने युक्ति का नया क्रम सोचा ; कहा, "दबाव न सही, दया

के नाम पर ही कहीं तुमने मुझपर दयार्द्र होकर मां-बाप की बात मान ली, तो बड़ा अन्याय होगा।"

"किसके साथ?" सोमनाथ ने प्रश्न को नया मोड़ देना चाहा।

मगर उषा इतनी जल्दी ठगी जानेवाली नहीं थी। उसने झट जवाब दिया—

"तुम्हारे साथ भी और फिर मेरे साथ भी।"

"मेरे साथ अन्याय होगा तो मैं स्वयं विचार लूंगा, तुम्हारे साथ अन्याय होगा यह मैं मान सकता हूं।"

उषा ने सोचा, 'बात स्पष्ट ही कह देनी चाहिए;' बोली, "देखो सोमनाथ! तुम तो जानते ही हो, राकेश पर मैं मन हार चुकी थी, मगर वह बड़ा हल्का निकला। मेरे पैरों की कुरूपता ने उसे मुझसे विमुख कर दिया। मैं अब उसकी सूरत देखना भी पसन्द न करूंगी। उसके गीत भी नहीं सुनूंगी। जिसका दिल खोखला हो, उसकी ज़बान का क्या भरोसा?"

राकेश की बेवफाई और निर्लज्ज कृतघ्नता का स्मरण करके उषा के अंग-अंग से विक्षोभ का ज्वार उठ रहा था। उसे कुछ शांत करके उसने फिर संक्षिप्त में यही कहा, "मुझपर रहम करने के विचार से कभी तुम कोई बात अनमने दिल से न मान जाना, इसीलिए मैंने तुम्हें सावधान कर दिया है।" कहकर उषा ने सोमनाथ को इशारा किया कि अब तुम जा सकते हो।

उषा के पास से उठकर सोमनाथ उषा के मां-बाप के पास गया। सोमनाथ के सत्कार के बाद, उन्होंने सोमनाथ का विस्तृत परिचय पाने के लिए बहुत-से प्रश्न किए। सोमनाथ सब प्रश्नों का उत्तर बिना संकोच देता गया। उसकी स्थिरता, सचाई, ईमानदारी पर उषा के

मां-बाप मुग्ध हो गए।

परिचय के रूप में उन्हें यह पता लग गया था कि सोमनाथ उनकी तरह ही मध्यवित्त के परिवार से संबंधित था। जात-बिरादरी भी अच्छी थी। उसके पिता चरथावल के त्यागी परिवार के लोकप्रिय व्यक्ति थे। सोमनाथ की शिक्षा बी० ए० तक हुई थी और अब वह बम्बई के मुख्य फायर ब्रिगेड आफिस में पांच सौ रुपया मासिक वेतन लेनेवाला डिप्टी आफिसर था।

उषा की मां एक फायर आफिसर के हाथ में अपनी लड़की का हाथ नहीं देना चाहती थी। आग बुझाने का काम खतरे से खाली नहीं होता। हर फायर मैन को प्राणों का मोह त्यागकर अपना कर्तव्य पूरा करना पड़ता है। उषा के पिता अवश्य साहसप्रिय थे। उन्हें साहसपूर्ण कार्यों से ही लगाव था। मां का विरोध होते हुए भी उन्होंने सोमनाथ को उषा के योग्य वर मान लिया और गोलमोल शब्दों में प्रस्ताव भी रख दिया।

सोमनाथ उसी समय सहमति देने को तैयार था; मगर उषा के पिता ने कहा, "खूब सोच-विचारकर ही इस प्रश्न का निर्णय करना चाहिए।"

सोमनाथ ने भी कह दिया, "अपनी मां से बात करके मैं कल ही आपसे मिलूंगा।"

सोमनाथ के घर पर केवल बूढ़ी मां थी। घर पहुंचते ही उसने मां को कहा, "मां, अब तुम्हें घर में अकेलापन नहीं काटेगा। मेरी इच्छा है, शादी करके तुम्हारे काम में हाथ बंटानेवाली बहू ले आऊं।"

मां जिस स्वप्न के लिए भगवान से सुबह-शाम दोनों हाथ जोड़

प्रार्थनाएं करती थी, वह एक दिन अचानक ही पूरा हो जाएगा, इसकी कल्पना भी नहीं थी। खुशी में वह ऐसी डूबी कि मुख से कुछ भी कहते न बना।

उसकी चुप्पी देखकर सोमनाथ शंकित हुआ। उसने पूछा, "मां, तुमने तो यह भी न पूछा कि बहू कौन है? कैसी है? कब आएगी?...तुम्हें यह पसन्द न हो, तो इंकार कर दूं?"

सोम की मां चौंककर पीछे मुड़ी और बोली, "बेटा, तू खुद समझदार है। तेरी पसन्द मेरी पसन्द है।"

"फिर भी, यह तो पूछती मां, कि कैसी है वह!"

"जानती हूं, तुझे पसंद है, तो खूब होशियार होगी घर के काम-काज में। चौका-बर्तन में मेरी मदद हो जाएगी, और अधिक पूछने से फायदा भी क्या?"

सोमनाथ जानता था कि उषा से इन गुणों की आशा करना ही व्यर्थ था। गाने-नाचने की शौकीन लड़की से रसोई का काम कैसे हो सकता था? उसे मालूम था, उषा को बहू रूप में पाकर मां प्रसन्न नहीं होगी। फिर भी उसने उषा को ही जीवन-संगिनी बमाने का निश्चय किया था। मां को दिलासा देते हुए वह बोला, "मां चांद-सी सुन्दर है वह। काम-काज तो मैं करवा ही लूंगा उससे। जो-जो तुम कहोगी, सब करेगी वह।"

"हां बेटा! सो तो मैं जानती हूं। तेरा कहना न मानेगी, तो बसेगी कैसे?"

× × ×

सोमनाथ चट्टान की तरह मज़बूत आदमी था। ढोल-ढाल न वह खुद करता था, न करने देता था। दृढ़ता और अनुशासनप्रियता

उसके रक्त में थी। नपे-तुले शब्दों में काम की बात कर देने के अतिरिक्त वह बात भी अधिक न करता था। भावकता में पिघलना तो संभव ही न था उसके लिए।

दूसरी ओर, उसकी मनपसंद बहू उषा भावुकता की सजीव प्रतिमा थी। अस्थिरता और चपलता उसके रक्त में मिली हुई थी। नदी की छोटी-सी धारा के समान निरंतर बहते रहना ही उसका स्वभाव था।

उषा की मां ने जब लड़की का ध्यान सोमनाथ के कठोर जीवन की ओर खींचा तो उषा भयभीत न हुई, बल्कि आश्वस्त ही हुई। कभी-कभी विषम शील-स्वभाव के साथी ही एक-दूसरे के पूरक होकर आदर्श साथी बन जाते हैं। चंचल पानी को बहाव के लिए किनारों की स्थिरता तो चाहिए, अन्यथा जल का बहाव आगे बढ़ेगा ही कैसे ?

उषा के पिता ने भी कहा—

"बेटी, जीवन कोई खेल नहीं है, जो गाने-बजाने की घड़ियों के आनन्द तक सीमित हो। इसके मार्ग में स्त्री को कोई मज़बूत साथी ही चाहिए। तरल स्वभाव की स्त्री को और भी दृढ़ और पुष्ट पुरुष के सहारे की ज़रूरत होती है। सोमनाथ ऐसा ही ओजस्वी युवक है। वह आदर्श पति ही नहीं, आदर्श पिता भी बनेगा।"

× × ×

दूसरे दिन नियत समय पर सोमनाथ की मां उषा के घर जाकर सगुन ले आई। उस दिन से एक मास के अन्दर ही दोनों की शादी हो गई।

सोमनाथ उन दिनों भायखला के फायर डिपो का डिप्टी सुपरिटेण्डेण्ट था। डिपो के आंगन में ही उसे रहने को घर मिला

हुआ था। पांच कमरों का वह घर दूसरी मंज़िल पर था। उसके नीचे फायर इंजन का वह सामान रहता था, जिसका उपयोग रोज़ नये फायर मैनों को शिक्षा के लिए होता था।

सोमनाथ की निगरानी में ही यह काम हुआ करता था। प्रतिदिन सुबह सात से नौ तक सोमनाथ को वहां उपस्थित रहना पड़ता था।

फायर आफिस भी भायखला के इसी डिपो के आंगन में था। सोमनाथ के लिए घर और आफिस में कोई अन्तर नहीं था। घर में आफिस की फाइलें पड़ी रहती थीं और आफिस में घर की फरमाइशें पहुंचती रहती थीं।

छुट्टियों के कुछ दिन तो सोमनाथ का उषा के साथ चौबीस घण्टे का एकसंग उठना-बैठना रहा; मगर छुट्टियां बीतने के बाद सोमनाथ के लिए हर समय घर बैठना दूभर हो गया।

एक मिनट भी चैन से बैठता, तो बुलावा आ जाता। कार्यदक्ष होने के कारण सोमनाथ को ही सारी ज़िम्मेदारी सौंपकर बड़ा फायर आफिसर निश्चिन्त भी होना चाहता था।

सोमनाथ की इस कार्य-व्यस्तता ने उषा का उल्लास छीन लिया। उषा को रेडियो सुनने का शौक था; मगर सोमनाथ दिनभर का थका-मांदा जब नौ बजे ही सो जाता, तो रेडियो बजाने का प्रायः मौका ही नहीं मिलता था।

नये से नये होटलों में जाकर बाल-डांस करने के स्वप्न ही मिट गए थे। महीनों से होटल की सूरत नहीं देखी थी।

नौ बजे सोमनाथ को नाश्ता देना, फिर दो बजे लंच देना, शाम को चाय की एक प्याली दफ्तर में भेजना और रात के आठ बजे थाली परोस देने के अलावा उषा को कोई काम न रहा था। इन

कामों में भी मां ही चुस्त रहती। इसलिए उषा ने अपनी उपयोगिता भी खो दी थी। अपनी ही नज़रों में वह अपराधिनी बन जाती।

फायर आफिस भायखला पुल के नीचे चौराहे पर था। इसलिए आफिस के ऊपरवाले घर की खिड़कियों से चारों ओर के दृश्य देखना ही उषा का काम रह गया। खिड़कियों पर सीखचों का जंगला लगा था। दो सीखचों के बीच मुंह रखकर वह घंटों बाहर के दृश्य देखा करती थी।

उत्तर की ओर लोहे का एक मचान-सा बना हुआ था। उस मचान पर एक ऐसी लकड़ी का कमरा बना था जो आग से जल्दी झुलस नहीं सकता था। रोज़ सुबह सात बजे इस कमरे को आग लगाने का नाटक किया जाता था, थोड़ी-सी लपटों के बाद दो-तीन इंजन उसपर पानी की बौछार करते थे। सीढ़ी लगाकर एक फायर मैन कमरे के अन्दर घुस जाता और एक आदमी को आग से बचाकर नीचे उतारने का नाटक करता था। कुछ देर के लिए तो सारा आंगन धुएं से भर जाता था और आस-पास की ज़मीन बौछार के पानी से भर जाती थी।

छः महीने तक प्रायः रोज़ इस आग-पानी के खेल को देखते-देखते उषा तंग आ गई थी। कई बार तो उसके मन में यह भी आता था कि यदि वह भी इस धुएं में गुम हो जाय तो अच्छा है।

धीरे-धीरे उसके इन दुःस्वप्नों की मात्रा और घनती-बढ़ती गई। इनसे छुटकारा पाने के लिए उसने एक दिन जब रेडियो खोला तो राकेश का वही गीत आ रहा था जो उसे सबसे प्रिय था।

राकेश के इस रेडियो-प्रसारित गीत ने उषा की सोई हुई व्यथा को जगा दिया, धुंधली यादों को ताज़ा कर दिया। जिन शोलों को राख ने ढक लिया था, वे फिर भभक उठे।

भावुक व्यक्ति को जीवन में गुज़रे दिनों की याद ही नहीं,

व्यथावेदना भी प्यारी हो जाती है। अपने दर्द से प्यार भी हो जाता है। भावप्रवण व्यक्ति को। हमें सुरक्षा सबसे अभीष्ट होती है, किन्तु जब वह हमें मिल जाती है तो हम अपनी गुज़री विकलता की याद में रस लेने लगते हैं।

हम प्रायः अपने को ही करुणा की स्थिति में रखकर अपने लिए आंसू बहाने में आनन्द अनुभव करते हैं। रसानुभव करना हमारा स्वभाव है। अपनी व्यथा का अतिशय रूप बनाकर उसपर करुणाई होने में भी हमें रस मिलता है। उषा की यही स्थिति थी।

उसके मन में राकेश के स्वर गूंजने लगे। मन को दूसरी ओर लगाने के लिए उसने रेडियो का बटन घुमाया, तो आज राकेश के ही गीतों का कार्यक्रम चल रहा था।

कुछ देर तो उषा उन स्वरों में खोई रही। लेकिन फिर याद आया, इन मीठे स्वरों में विष भरा है। यही वह व्यक्ति है जिसने उसका अपमान किया था और जिसने आग में झुलसी देह को देखकर उसके प्रेम को ठुकरा दिया था।

ऐसे कायर, दंभी व्यक्ति के गीत उसे मधुर लग रहे हैं, वह उनमें अपने को खोए जा रही है। कितनी गिरावट है, कितनी आत्मावहेलना है ! इस विचार से पहले तो उसे आत्मग्लानि हुई। नस-नस फड़क उठी उसकी। क्रोधावेश में वह अपने को भूल बैठी और उसी आक्रोश में उसने पास की मेज़ पर रखे पेपर-वेट के लौह-खण्ड को उठाकर रेडियो के दे मारा।

भारी धड़ाके और कांच टूटने की चर्र-चर्र आवाज़ के साथ कमरे में सन्नाटा फैल गया। उषा पलंग पर औंधी हो, फफक-फफककर रोने लगी।

शाम को सोमनाथ के घर आने से पहले ही उषा ने घर साफ कर दिया। 'रेडियो गिरकर टूट गया था'—इस झूठे बहाने से सोमनाथ को भी सन्तुष्ट कर दिया।

सोमनाथ को अपने पास पाकर उषा का दिल ऐसे ही स्थिर और शान्त हो जाता था जैसे पर्वत की तराई में आकर धारा विश्राम लेती है। किन्तु कुछ विश्राम के बाद प्रशान्त जल नये प्रवाह में बहने को चंचल हो उठता है। उस सोई बेचैनी का साक्षी कोई नहीं होता।

उषा का दिल भी कभी-कभी बेचैन हो उठता था। उस समय वह सोमनाथ को एक ऐसी चट्टान के रूप में ही देख पाती थी, जो उसे अपने में समेटकर बैठा था। तब उषा बेचैन हो जाती। उसके दिल में तूफ़ान ज्वार बनकर बह निकलने को उमड़ता।

इन आघात-प्रतिघातों से उषा को भी तभी विश्राम मिला, जब वह मां बनी।

अपनी सब चंचलता बच्चे को देकर उषा का मन बिलकुल शान्त हो गया। छः महीने तक उसने रेडियो का स्विच आन नहीं किया। राकेश को उसने हृदय से भुला दिया। उसकी मीठी-कड़वी याद अब उसके दिल को छूती भी नहीं थी। अपना छोटा-सा घर तीनों के लिए स्वर्ग-सा बन गया था। उनका ज़ीवन एक मीठे स्वप्न की तरह बीतने लगा।

किन्तु, एक दिन अचानक भयंकर विस्फोट के साथ यह स्वप्न टूट गया। प्रिन्सेज़ स्ट्रीट की एक तिमंज़िली इमारत में आग लग गई। केमिकल्स बनाने का वहां छोटा-सा कारखाना था। किसी मशहूर दवाई का नकली नमूना बनाने का प्रयोग करते हुए दो केमिकल्स

का मिश्रण होते ही ज़ोर से धमाका हुआ। विस्फोट की चिनगारियां उन झूठे लेबलों पर भी जा गिरीं जो शीशियों पर चिपकाने के लिए रखे थे। आस-पास तेज़ाब की दूसरी बोतलें भी पड़ी थीं। गर्मी से वे भी फूट पड़ीं और चिनगारी पड़ते ही भभक उठीं।

आग पहली मंज़िल के कमरे में लगी थी। उसके ऊपर दो मंज़िलें और थीं, जिनमें बीसियों परिवार बसे हुए थे। आग की लपटें ऊपर की मंज़िलों को छूने लगीं। चारों ओर हाहाकार मच गया।

आग बुझाने के लिए छः दमकल वहां पहुंचे। पानी की बौछार शुरू हुई। मगर तीसरी मंज़िल के परिवारों की जीवन-रक्षा का प्रश्न सबसे विकट था, जो इस समय भयंकर लपटों की गोद में सिमटे बैठे थे। उनके लिए नीचे का मकान चिता बनकर जल रहा था और वे असहाय अवस्था में स्वयं भस्म हो रहे थे।

किसी और फायर आफिसर या फायर मैन का साहस न हुआ कि वह उस प्रज्वलित अग्नि-समाधि में प्राणों की आहुति देकर मौत के इन्तज़ार में बैठे बच्चों और उनकी माताओं को सुरक्षित बचा। लाए।

सोमनाथ ने ही यह साहस किया। लैडर पर चढ़कर वह धधकते मकान के अन्दर कूद पड़ा। कई अधजले बच्चों को वह गोद में उठाकर नीचे लाया। मगर, जब आखिरी बच्चे को उठा लाने के लिए अन्दर गया तो ऊपर से जलती हुई शहतीर गिर पड़ी। थकी देह पर अंगारे पड़ गए। फिर भी उसने कदम आगे बढ़ाया। लेकिन नीचे आने से पहले ही उसके पैर फिसल गए। वृक्ष से गिरनेवाले पके फल की तरह वह नीचे गिर पड़ा।

उसके दायें पैर की घुटने से ऊपर की हड्डी टूट गई। झुलसे हुए अंगों की तो दवा हो गई, मगर टूटी हुई हड्डी फिर न जुड़ी। जांघ

की हड्डी के अलावा नीचे का हिस्सा भी इतनी बुरी तरह कुचला गया कि टांग काटनी पड़ी।

सोमनाथ विकलांग हो गया। तीन महीने चारपाई पर बिछे रहना पड़ा। इस दैवी संकट के अंधेरे में एक ही प्रकाश-रेखा धीरज बंधाती थी। सोमनाथ की वीरता और कुर्बानी का हाल सभी अखबारों के प्रथम पृष्ठ पर विस्तार से छपा था। उसके चित्र छपे थे। शहर का मेयर अस्पताल में हाल-चाल पूछने आया था। गवर्नर और चीफ मिनिस्टर ने उसकी बहादुरी के गुण गाए थे और सहानुभूति के संदेश भेजते हुए यह आश्वासन दिया था कि सरकार उसकी हर प्रकार से सहायता करेगी।

अखबारों में दुर्घटना का हाल पढ़कर एक दिन राकेश भी आ गया। सोमनाथ अस्पताल में पलंग पर लेटा हुआ था। उषा पास ही एक कुर्सी पर बैठी अखबार पढ़ रही थी।

राकेश को देखते ही उषा उठकर बाहर बरामदे में चली गई। जब तक राकेश बैठा रहा, वह कमरे में नहीं आई। जाने से पूर्व राकेश उषा के पास आया। उसने देखा—उषा के उजले चेहरे पर विषाद की गहरी छाया छा गई थी। उसकी दशा उस पक्षी जैसी हो गई जो वट-वृक्ष की विशालता देखकर उसपर बड़ी मेहनत से तिनके जोड़-जोड़कर अपना घोंसला बनाए और बनते ही वट-वृक्ष के विशाल तने पर आकाश से बिजली कौंध जाए।

ऐसी बेसहारा और कुम्हलाई उषा को देख, राकेश का मन देर तक वहीं रहने को हुआ। उषा चुपचाप बरामदे का खम्भा पकड़े खड़ी थी। उसकी आंखों के आंसू नीचे गिरने से पहले ही चेहरे पर सूख गए थे। रूखे बालों की लटें माथे से टकरा रही थीं।

राकेश को उषा के इस बेपरवाह और बुझे सौन्दर्य में कला की अपूर्व सुषमा की झांकी मिली। नारी के रूप की ढलती सांझ का सलोनापन पुरुष को बेबस कर देता है। राकेश का कलाकार मन उषा की इस छवि पर पहले से भी सौगुना अधिक मुग्ध हो गया।

उषा के पास वह देर तक खड़ा रहा, उषा भी मौन गुमसुम-सी खड़ी रही। उसके हृदय में राकेश के लिए तीव्र ग्लानि थी ; किन्तु वह कहीं प्रकट में फूट न पड़े, इसलिए वह मन को अपनी ही शून्यता से भरकर स्थिर-शान्त भाव से दूर आकाश में आंखें गड़ाए खड़ी रही।

राकेश ही लड़खड़ाते शब्दों में बोला, "मैं अपराधी हूं, क्षमा चाहता हूं।"

उषा अब भी मौन थी। लोनावला की वलवन झील के रम्य तट के किलोल से लेकर अस्पताल तक राकेश की व्यर्थ प्रतीक्षा के सब क्षण चलचित्रवत् उसकी आंखों के आगे घूम गए।

राकेश ने ही फिर मौन भंग करते हुए कहा, "मैं स्वयं इतना घायल हुआ था कि तुम्हारे पास न आ सका।" राकेश जानता था कि वह झूठ बोल रहा है। उषा को भी उसके शब्दों की निस्सारता का पूरा आभास था। वह जानती थी कि राकेश के कण्ठ की मधुरता कण्ठ तक सीमित है। हृदय से वह खोखला है। मन में आया कि वह उसे कह दे, 'मैं जानती हूं, तुम मेरे झुलसे पैरों को देखकर लौट गए, सदा के लिए विमुख हो गए। क्यों धोखा देते हो मुझे और अपने को भी। तुम झूठे और मक्कार हो...' लेकिन प्रकट में इतना ही कहा, "जो बीत गया, बीत गया। मैंने तो शिकायत नहीं की। और अब तो उसकी ज़रूरत भी नहीं है। जो हुआ, अच्छा हुआ। मैं खुश हूं, बहुत खुश..." शेष सब तो वह स्वाभाविक ढंग से

कह गई, मगर, 'मैं खुश हूं, बहुत खुश...' कहने में उसे हर अक्षर पर रुकना पड़ा। मानो वे अक्षर पीछे लौट रहे हों और उन्हें बलपूर्वक आगे घसीटा जा रहा हो।

राकेश तब भी मौन खड़ा था।

उषा को स्वयं कहना पड़ा—

"अब तुम जा सकते हो !"

राकेश उसका निश्चित संकेत पाकर अनमने दिल से विदा हो गया ; मगर जाते हुए कह गया, "मैं दो-तीन दिन बाद फिर आऊं, तो कोई आपत्ति तो न होगी तुम्हें ?"

उषा के मन में आया कि कह दे, 'तुम हर्गिज़ न आओ, तुम्हारे भाने से मुझे कष्ट ही होगा'—किन्तु संयम कर गई। चुप खड़ी रही।

उसकी चुप्पी को अर्धस्वीकृति मानकर राकेश तीसरे दिन फिर आ गया। आज उसने सोमनाथ को ही कहा, "उषा मुझसे बहुत नाराज़ है, बोलती भी नहीं। तुम मेरी सिफारिश कर दो।"

सोमनाथ ने उषा को बुलाते हुए राकेश से कहा, "पहले तुम एक गाना तो सुनाओ।"

मित्र के ग्रह पर राकेश ने गाना शुरू कर दिया। गाना शुरू होने पर जब उषा आई तो उसके साथ उसकी तीन साल की लड़की वन्दना भी थी।

चार साल बाद, उन्हीं पुराने स्वरों को सुनकर उषा के सामने उन्हीं टूटे हुए सपनों की दुनिया आ खड़ी हुई। उसकी गोद में अगर बन्दना न होती तो वह रो पड़ती। मगर वन्दना को देखकर उसका अतीत उसे केवल झूठे सपने-सा निस्सार प्रतीत हुआ। वन्दना को

उसने छाती से चिपका लिया।

राकेश के स्वर में जादू का असर था। लाखों लोग उसके रेडियो-संगीत पर झूम उठते थे। उसके गाए हुए फिल्मी गीत बच्चे-बच्चे की ज़ुबान पर चढ़े हुए थे।

उषा भी उसके गाने पर फिर झूम उठी। उसके संगीत ने उषा के बुझे आनन्द को जगा दिया। उषा के साथ अब सोमनाथ भी राकेश के संगीत पर मुग्ध हो गया था। सोमनाथ के आग्रह पर ही राकेश ने गाना गाया था, इसलिए उसके गीत में आनन्द लेना उषा को अपराधपूर्ण प्रतीत नहीं हुआ।

यदि वह अकेली राकेश के गीतों का रस लेती, तो शायद उसका मन उसे धिक्कारता ; किन्तु अब तो वह पति की साथिन बनकर रसविभोर हो रही थी।

धीरे-धीरे दोनों, उषा और राकेश, के दर्मियान खड़ी दीवार दूर हो गई। राकेश ने अवसर पाकर एक दिन उषा को अपने नये चित्र के प्रथम प्रदर्शन-समारम्भ के दिन फिल्म देखने का निमन्त्रण दे दिया।

निमन्त्रण सोमनाथ की उपस्थिति में ही दिया गया था। स्वयं सोमनाथ ने उषा को कहा—

"पिछले तीन महीने से तुमने अस्पताल के बाहर कदम नहीं रखा है, जो आज यह फिल्म देख आओ।"

उषा के मन में अज्ञात भय का हल्का-सा कंपन हुआ। वह जानती थी, राकेश हंसने-खेलनेवाला विनोदप्रिय कलाकार है; और यह भी वह जानती थी कि उसका आग्रह बड़ा विकट होता है—दूसरे को वह मनमानी करने पर भी मजबूर कर देता है।

इसलिए वह पहले तो इन्कार करना चाहती थी ; मगर जब

सोमनाथ ने ही आग्रह किया, तो उसके मन में लहर उठी—'जो होगा, देखा जाएगा, एक दिन फिर हंसकर बिता लो।'

फिल्म का प्रीमियर शो साढ़े छः बजे शाम को था। नौ बजे रात को शो समाप्त हुआ। राकेश के गीतों ने चित्र को चमका दिया था। चारों ओर से उसे बधाई मिलने लगी।

उषा भी उसके संगीत पर दिल हार चुकी थी। गीतों की कड़ियां उसके होंठों पर मीठी गुनगुनाहट बनकर निकल रही थीं।

रात के नौ बजे उषा को घर जाना चाहिए था। उसे मालूम था... उस समय उसकी फूल-सी कोमल लड़की वन्दना नींद से भारी होती आंखों को दरवाज़े पर एकटक लगाए इन्तज़ार कर रही होगी और सोमनाथ आसपास की हर आहट पर उसे दिलासा देता हुआ कहता होगा—'लो, आ गई तेरी मां !' और तब वन्दना दोनों बांहों से उसे लिपटने को दौड़ पड़ती होगी, मगर मायूस हो लौट जाती होगी।

यह सब मालूम होते हुए भी वह आज राकेश के वश में आ गई। राकेश की खुशियों का ज्वार आज आकाश को छू रहा था। उषा को भी वह उन खुशियों में डुबो देना चाहता था। बिना किसी संकोच के उसने उषा की पहले तो बांह पकड़ी और फिर कमर में हाथ डालकर अपनी मोटर की ओर ले चला।

उषा पिछले दो सालों में कभी ऐसे भाव-प्रवाह में नहीं बही थी। उसका रोम-रोम रोमांचित हो उठा। विद्युत् की तरंग से जैसे शरीर में सनसनाहट पैदा हो जाती है, ऐसे ही उसकी रगों में खून दौड़ने लगा।

राकेश उसे अपनी मोटर में बिठाकर किस होटल में ले गया, वहां उसने सूरज की रोशनी को मात करनेवाले किन स्फटिक-से

उज्ज्वल जगमगाते कमरों में क्या पिया, क्या खाया और कैसे-कैसे उत्तेजक नृत्यों को देखा—यह उसे कुछ पता नहीं लगा।

उसे तो केवल इतना याद रहा कि राकेश ने उसे जो कहा, वह बिना अवरोध करती गई।

होटल के ग्रीनरूम में बिठाकर राकेश ने कौन-सी मदिरा कितनी पिला दी, इसका उसे कुछ ज्ञान नहीं। मदिरा पिलाकर जब वह उसे अर्धचेतनावस्था में अपने कमरे में ले गया, तब तक वह अपने होश खो चुकी थी। उसी बेहोशी में राकेश ने उसके साथ जो भी खिलवाड़ कर लिए, खेल-खेल में वह सब सहार गई। और आखिर उसे यह भी होश न रहा कि राकेश के लिए वह अनजाने में ही पूर्णतया समर्पित हो चुकी थी, पूरी बाज़ी हार चुकी थी।

रात के बारह बजे वह वापस आई, तो वह जैसी थी वैसी ही सो गई। राकेश अपनी गाड़ी में उसे वहां पर छोड़ गया था, यह सोमनाथ ने देख लिया था।

लड़खड़ाते पैरों से उषा ने अस्पताल के कमरे में प्रवेश किया और रात-भर बेहोश सोई रही।

सोमनाथ को रात-भर नींद नहीं आई। सोई हुई उषा को देखते-देखते और भविष्य के अंधेरे रास्तों की विभीषिकाएं सोचते-सोचते ही भोर हो गया। इस एक रात्रि में वह कई काल-रात्रियों में से गुज़रा था। सपनों में उसने अपने को ऐसी गहरी खाइयों में गिरते देखा था कि जिनकी कल्पना से भी रोंगटे खड़े हो जाते।

दूसरे दिन सुबह सोमनाथ सारा शरीर दर्द कर रहा था। पास में कोई ज़हर पड़ा होता, तो वह अवश्य एक ही घूंट में आर-पार हो

जाता। मगर, अभी सुबह का धुंधलापन भी पूरी तरह दूर नहीं हुआ था कि उसने एक नर्स के साथ किसी साठ वर्ष के उन्नतललाट, गौरांग, पीनस्कन्ध वृद्ध को दरवाज़े से आते देखा।

वृद्ध का श्वेत धवल सिर केसरी पगड़ी से ढंका हुआ था। किन्तु उनकी सफेद दाढ़ी के रेशमी बाल मुक्त रूप से लहराकर आत्मा के मुक्त आनन्द का आभास दे रहे थे।

उनका गौरवर्ण चेहरा तांबे-सा लाल चमक रहा था और आंखों में चांदनी-सी झलक रही थी।

उन्हें देखते ही सोमनाथ पहचान गया कि वे नारौल के योगी विश्वानन्द हैं, जिन्होंने कस्बे से कुछ दूरी पर लोक-सेवाश्रम स्थापित किया हुआ है। नारौल के आस-पास के गांवों में वे योगी बाबा के नाम से ही प्रसिद्ध हैं। सोमनाथ उन्हें देखकर उठने की कोशिश करने लगा; मगर उन्होंने लंबे कदम रखकर सोमनाथ के कंधे पर हाथ रखते हुए कहा, "मैं अखबारों में तुम्हारी बहादुरी पढ़ चुका हूं। तुमने कुर्बानी की है। विरले मनुष्य ही ऐसा कर पाते हैं।"

सोमनाथ ने उन्हें नज़दीक बैठ देखा, तो आंखों पर विश्वास नहीं हुआ। योगी बाबा, जिनके चरण-स्पर्श से नारौल के निवासी अपने को भाग्यशाली मानते थे, वे स्वयं उसके पास आए थे ; जैसे भगवान खुद चलकर किसी के द्वार पर आए हों।

कुशल-क्षम पूछने के बाद योगीजी ने कहा, "बेटा ! तुम्हारे पिताजी मेरे बड़े मित्र थे। मुझे अपने पिता के समान ही मानो।"

"आप मेरे पिता और प्राचार्य सभी कुछ हैं। मेरे हृदय में आपके प्रति अपार श्रद्धा है।" सोमनाथ ने सिर झुकाकर अत्यन्त विनम्र शब्दों में कहा।

"श्रद्धा से ही सहारा मिलता है, बेटा ! मुझपर तुम पूरा भरोसा रखो।"

"वह तो है ही, बाबाजी !" सोमनाथ उन्हें बचपन से ही बाबाजी कहता था।

बाबाजी ने फिर सोमनाथ के कन्धे पर हाथ रखकर कहा, "बिना संकोच मुझसे बात करो। दिल में कोई भी उलझन हो, परेशानी हो, मुझसे कहो। कहने से मन हल्का होता है, और कोई समाधान भी निकल आता है सोचने से।"

सोमनाथ के मन को दुर्घटना के बाद से ही यह चिन्ता परेशान कर रही थी कि 'अब क्या होगा, वह कहां रहेगा, कोई काम कर सकेगा या नहीं।' इन्हीं प्रश्नों की उसने बाबाजी से चर्चा करते हुए कहा—

"आप तो जानते ही हैं, अब मैं फायर ब्रिगेड की सेवा से मुक्त कर दिया जाऊंगा। जो क्षति-पूर्ति मिलेगी उसीसे ज़िन्दगी के सारे दिन घसीटने हैं। अब मैं ऐसा अकेला भी नहीं हूं कि जैसी कटे, काट लूं। उषा है, वन्दना है। उसकी शिक्षा है। तीन आदमियों का भार लेकर जीवन की लम्बी यात्रा पूरी करनी है—वह भी एक पैर से। दूसरा भगवान ने छीन लिया..."

सोमनाथ को निराशा के गहरे गर्त से उबारते हुए स्थिर-शांत स्वर में बाबाजी ने बीच में ही बात काटी—

"बेटा, भगवान पर भरोसा रखोगे, तो यह एक पैर दो से अधिक का काम करेगा।"

"भगवान तो नहीं देखा, मगर आपको देखकर पूरा भरोसा होता है; जिसने आपको सुधि लेने भेजा है, वह आगे भी सुधि लेगा ही।" सोमनाथ ने निश्चयात्मक ध्वनि में कहा।

बाबाजा ने प्रश्न किया, "आगे कहां रहने का सोचा है ?"

"अभी यह प्रश्न उठ ही नहीं सका। इससे भी अधिक कठिन प्रश्न सामने हैं। सबसे जूझना अड़ेगी।"

कुछ देर विचार करने के बाद, बाबाजी बोले—

"बम्बई में बड़ा संघर्ष है। हरजाना रूप में मिले धन से सारा जीवन कैसे निभेगा ? अगले दो वर्षों में ही क्षति-पूर्ति का पूरा धन निबट जाएगा।"

"कोई अन्य उपाय ही नहीं तो क्या किया जाए ?"

"उपाय तो है, मगर यहां नहीं।"

"तो कहां है ?" सोमनाथ ने उत्सुकता से पूछा।

बाबाजी ने कहा, "तुम्हारी हवेली अब भी 'नारौल' में खड़ी है। पैतृक संपत्ति का और उपयोग भी क्या है ?"

"मगर वहां दिन-भर क्या करूंगा ?"

बाबाजी ने समझाया, "तुम्हें मालूम ही है मैंने 'नारौल' में कई समाजसेवी संस्थाएं खोली हुई हैं। किसी में भी सेवाएं अर्पित कर सकते हो। जो व्यक्ति समर्पण की भावना से सेवा करता है उसकी सेवा स्वयं प्रभु करते हैं।"

'नारौल' में बाबाजी के नाम से कई संस्थाएं चल रही थीं। एक प्राइमरी स्कूल था। प्रौढ़ महिला शिक्षा केन्द्र था, जहां पचीस-तीस महिलाएं औद्योगिक एवं दीक्षादायी शिक्षा लेती थीं। एक निःशुल्क डिस्पेन्सरी थी।

बाबाजी ने कहा, "इसमें यदि तुम्हारी रुचि न हो तो खेती के काम या डेरीफार्म में काम कर सकते हो। अभी हाल में सरकार के अनुदान से मैंने बड़ी गौशाला खोली है। गौशाला के साथ पांच सौ बीघा ज़मीन गोचर भूमि भी है। कामों की कमी नहीं। मन को स्थिर बनाओ, तो एक

सप्ताह बाद ही मेरे साथ चलो। एक सप्ताह मैं बम्बई में रहूंगा।"

बाबाजी के कई भक्त बंबई में रहते थे। जिन्होंने बाबाजी के विश्वास पर यथायोग्य दान देने का संकल्प किया हुआ था। अपनी नवस्थापित गौशाला के लिए धन लेने के लिए ही वे बम्बई पधारे थे।

इस एक सप्ताह में ही सोमनाथ को अस्पताल छोड़कर अपने घर चले जाना था। उसका वह क्वार्टर जो फायर ब्रिगेड आफिसर के लिए था, अब उसे प्राप्त नहीं हो सकता था। उसकी सबसे बड़ी चिन्ता थी अनुकूल स्थान पर घर लेने की। और बाद में परिवार के भरण-पोषण योग्य धन कमाने की।

बाबाजी ने बड़े मौके पर दर्शन दिए थे। उन्होंने इन सब परेशानियों से सोमनाथ को उबार लिया था। सोमनाथ के लिए वे नये जीवन का संदेश लेकर आए थे। सोमनाथ ने मन में निश्चय कर लिया कि वह बाबाजी के चरणों में पूर्णतः समर्पित हो जाएगा। यही एक मार्ग था जो सोमनाथ को सान्त्वना दे सकता था।

बाबाजी के आश्वासन पर सोमनाथ ने अपनी पैतृक भूमि पर जाने का अपने मन में निर्णय कर लिया ; किन्तु अन्तिम निर्णय तो उषा के 'हां' करने पर ही हो सकता था।

जन्म से बंबई के हवा-पानी में पली लड़की को ठेठ देहाती इलाके में जाने को कहना ही अन्याय मालूम होता था। सोमनाथ को साहस नहीं हुआ कि वह इसकी चर्चा भी कर सके। फिर भी उसने बाबाजी के आने की बात कहते हुए और उनका परिचय देते हुए उषा से कह दिया—

"बाबाजी बड़ा आग्रह कर रहे थे कि हम कुछ समय के लिए

'नारौल' हो आएं।"

उषा की मन:स्थिति आज ऐसी न थी कि वह किसी भी प्रश्न पर विश्वास के साथ विचार कर सके। घोर ग्लानि से उसका मन भरा था। गत रात की घटना का स्मरण करते ही उसे कंपकंपी छूटती थी। राकेश ने धोखे से उसका खज़ाना लूट लिया था। अपने मन से उसके गाने पर वह जो चाहे लुटा देती, मगर छल-बल से कोई उसकी तिजोरी खोलकर लूट ले जाय और जाते हुए सदा के लिए दागी कर जाए, यह उसे असह्य था।

आत्मग्लानि के इस विष ने उसका दीपक बुझा दिया था। उसकी नसों को ठंडा कर दिया था।

ऐसी पूर्णतः निढाल हुई उषा से सोमनाथ कोई तर्कसम्मत उत्तर चाहता था, पर यह संभव नहीं था। उषा ने इतना ही कहा, "जो आपको जंचे, कर लीजिए, मुझे सब मंज़ूर है।"

उषा से ऐसे बिना शर्त समर्पण की आशा नहीं थी सोमनाथ को। उसे आश्चर्य हुआ उषा के रुख पर। वह बोला, "तुम्हारे साथ जितना अन्याय हुआ है वह मैं अनुभव करता हूं। इससे अधिक की मैं आशा नहीं करता। सच कहता हूं—जैसा चाहोगी, हो जाएगा। खुलकर कह दो। यहीं रहकर गुज़र करनी हो, तो वह भी हो सकता है।"

उषा अधिक नहीं बोलना चाहती थी। उसकी शर्मिन्दा आंखें ऊपर नहीं उठीं। सोमनाथ की आंखों से दृष्टि न मिल जाय, इस डर से उसने ज़मीन की ओर दृष्टि गड़ाए हुए ही कहा—

"मैं भी अब यहां रहना नहीं चाहती। जिनके बीच हुकूमत की है उनके सामने दीन बनकर नहीं रहा जाएगा।"

सोमनाथ ने भी समर्थन किया—

“दीनता स्वीकार करने से तो मृत्यु अच्छी । हम अपने स्वाभिमान को कितना ही बचाएं, मुझे विकलांग देखकर ये लोग प्रहार करेंगे ही। दूसरों की सहानुभूति भी हमें आघात पहुंचाएगी। अच्छा यही है, अब हम नई जगह चले जाएं। नारौल में हमें कोई देहाती पहचानता नहीं। बाबाजी का सहारा भी रहेगा। वे मेरे पिता से बढ़कर हैं। उन्हें तो मानो भगवान ने भेज दिया हमारे यहां।”

छः दिन में सोमनाथ ने बम्बई से विदा होने की तैयारी कर ली। उसके साथियों ने विदाई के समारोह किए। शेरिफ ने कुछ नागरिकों की सभा बुलाकर अभिनन्दन-पत्र अर्पित किया।

सातवें दिन बाबाजी के साथ सोमनाथ अपने कस्बे नारौल के लिए विदा हो गया। । फायर ब्रिगेड की एक मोटर से उसे ससम्मान नारौल पहुंचाया गया।

पहले दिन बाबाजी ने सब सामान अपने आश्रम में रखा। आश्रम कस्बे से केवल एक फर्लांग की दूरी पर था।

दूसरे दिन बाबाजी सोमनाथ और उषा को लेकर कस्बे में गए। कस्बे के अन्दर प्रवेश करते हुए वे खास-खास स्थानों का कुछ परिचय भी देते गए। उन्होंने कहा—

“ देखो, सबसे पहले यह पुलिस चौकी देख लो। क्या जाने कब इसकी ज़रूरत पड़ जाए। इसके दारोगाजी बड़े ज़ालिम आदमी हैं। गांव के सब भले-मानस इनसे कांपते हैं।

“ पुलिस चौकी को छूती हुई जो खड़ंजा की पक्की सड़क जाती है, यही यहां की मेन रोड है। यही यहां की महात्मा गांधी रोड या मेरीन ड्राइव है।”

सड़क के दोनों ओर हवेलियां खड़ी थीं—एक ओर लालाओं की, दूसरी ओर त्यागियों की। इनमें से एक हवेली के सदर दरवाज़े पर पहुंचकर बाबाजी रुक गए। दरवाज़े पर बोर्ड लगा था 'समाज कल्याण केन्द्र'। बाबाजी ने बतलाया कि यही वह हवेली है जो सोमनाथ के पिता छोड़ गए हैं। बाबाजी ने इसीकी बाहरी बैठक में 'प्रौढ़ महिला विद्यालय' खोला था।

हवेली में प्रवेश करते समय उषा का दिल कांपने लगा। प्रवेश का सदर दरवाज़ा इतना भारी था कि न अकेले आदमी से खुल सकता था और न बन्द हो सकता था। इस अंधेरे दरवाज़े के अन्दर बाहर चिमगादड़ों का राज्य था। वे दिन में भी उड़ रहे थे।

उषा दो कदम ही आगे गई कि एक लम्बा कनखजूरा रेंगता हुआ मिला, जो उसके देखते-देखते बिल में घुस गया।

बाबाजी ने तसल्ली देते हुए कहा, "घबराओ नहीं, ये कीड़े पंचशील के सिद्धान्तों को जीवन में ढालते हैं। 'जीना और जीने' देना कोई इनसे सीखे। इन हवेलियों में सैकड़ों सांप-बिच्छू हैं, मगर कभी कोई सांप के ज़हर से नहीं मरा।"

सोमनाथ और उषा को अपनी हवेली में आया जान, पड़ोस की हवेलियों से सभी स्वागत को आए। दूसरे दिन ही हवेली का बाला-खाना, जिसे बैठक भी कहते हैं, पड़ोसियों से भर गया। अन्दर ज़नानखाने में औरतों की भी भीड़ लग गई।

अगले दिन जब बाबाजी आए, तो सोमनाथ ने आग्रह किया कि उसे कोई काम ऐसा दे दिया जाय, जिससे दिन कटे। बाबाजी ने उसे आश्रम में बुलाया और कहा, "यहां से तीन मील दूर नदी के तट पर मैंने तीन सौ बीघा गोचर भूमि ली है। वहां चिनवाई हो रही है। एक महीने

में कुछ कमरे बन जाएंगे। तुम्हें पसन्द हो, तो वहा जा सकते हो। वहां तुम्हारा मन भी लगा रहेगा और तुम्हारी देख-रेख में सब काम होता रहेगा। मुझे तुम्हारी निगरानी से बड़ा संतोष मिलेगा।"

सोमनाथ को अपनी उपयोगिता का आश्वासन मिलने से बड़ा धीरज मिला। किन्तु उषा का मन हल्का न हुआ। नारौल की ईंट-ईंट से उसे डर लगता था। छोटी-छोटी उन लाखों की ईंटों में मुगली ज़माने के इतिहास की निर्मम घटनाएं अंकित थीं। दिल्ली के बादशाहों ने इन ईंटों को खून की होली से रंगा था। हवेलियों के खण्डहर उन नृशंस अत्याचारों की साक्षी दे रहे थे।

उषा को इन गज़-भर मोटी दीवारों में मौत की परछाईं दिखलाई देती थी। दिन-भर सोमनाथ की सेवा करने के बाद, दिल हल्का करने को उसके पास एक भी साथी नहीं था। साथी के बिना गांव के लम्बे दिन कैसे कटते ? मगर साथी कैसे बनें ?

उषा को गांव की हर चीज़ से अरुचि थी। गांव की गूजरियां मैले-लम्बे कुर्ते के नीचे काला चुस्त पाजामा पहनती थीं ; और एक बार पहनकर तभी उतारती थीं जब वह उधड़ने लगता था। उनकी बातें भी अजीब होती थीं। 'किसके घर बछिया हुई, किसके घर बछेरा'—इन्हीं प्रश्नों पर चर्चा चलती। लालाओं की हवेलीवाली आतीं तो त्यागियों और गूजरों की चुगली करती थीं। त्यागियों की औरतें लालाओं, अग्रवालों, जैनियों पर गालियों की बौछार करती थीं।

एक सप्ताह बाद सोमनाथ बाबाजी का सन्देश पाकर गोचर भूमिवाली गौशाला पर चला गया। तब तो उषा को सारा गांव ही भूतिया महल-सा डराने लगा।

बाबाजी की पैनी नज़रों से उषा की परेशानी न छिपी। उन्होंने उसे कुछ दिन आश्रम या निकेतन में आकर रहने की आज्ञा दे दी। आश्रम में उन दिनों बाबाजी के अलावा केवल एक अस्सी वर्ष के बूढ़े रामदीन पेन्शनर भी रहते थे।

बाबाजी के चरणों में ही बैठकर उषा को कुछ शान्ति मिलती थी।

लेकिन, बाबाजी के ओझल होते ही उषा गहरी उदासी में डूब जाती। राकेश के साथ फिल्म-समारोह में जाना, राकेश की आवाज़ में खो जाना और फिर होश की आखिरी मंज़िल पर बेहोशी की नींद में अपने को लुटा देना—ये सब स्मृतियां कभी न टूटनेवाले सपने बनकर उसके दिल पर खुद गई थीं।

उस रात का हंसता उजाला और उस रात का गहरा अंधेरा, दोनों एकसाथ ही उसकी आंखों के आगे नाचने लगते थे। आंखें बन्द करने पर उनका चित्र और भी गहरा हो जाता था। आंखें खोलकर भी वह उनमें ऐसी डूबी रहती थी कि आंखों के आगे हिलते-डुलते वृक्षों पत्ते और चलते-फिरते आदमी सपनों में हिलते-डुलते प्रतीत होते।

दिन पर दिन इसी प्रकार बीतते गए और वह अनजाने शिकारी के पिंजड़े में फंसी चिड़िया-सी बेबस होकर रह गई। जिस रहस्य को वह अपने ही अंधेरे दिल में छुपाए हुए थी वह उसके रोम-रोम में समाता जा रहा था।

उसे लगा जैसे गांव की औरतों ने उसका भेद जान लिया है। बाबाजी की स्वच्छ नीली आंखों में तो वह अपने पाप की परछाईं भी देख लेती थी। जैसे उनके समक्ष उसके जीवन का समग्र भूत-भविष्यत् प्रत्यक्ष था। किन्तु उस परछाईं से उसे डर नहीं लगता

था। ऐसी तरल करुणा से आच्छादित होकर वह पाप प्रत्यक्ष होता था कि पाप की गहनता भी उजली होकर सामने आती थी।

सोमनाथ स्वयं उसे गमगीन देखकर कभी-कभी ऐसा बुझ जाता कि किसी काम में उत्साह ही न होता। तब वह अपनी हवेली की बैठक में ही चुपचाप बैठा रहता।

सोमनाथ की ऐसी मनःस्थिति में अगर उषा उसके पास कुछ देर भी बैठती तो उषा को यह लगता कि सोमनाथ उसे एकटक पैनी निगाह से बंध रहा है।

मगर, अगले ही क्षण उषा का भ्रम निवारण हो जाता। उषा समझ जाती कि सोमनाथ खुद दुर्भाग्य का शिकार है। उसके ऊंचे कंधे अब उतने ऊंचे नहीं लगते जैसे पहले थे। उसकी छाती अब किसी भी बात से वैसी नहीं फूलती जैसे पहले थोड़ी-सी खुशी में फूल उठती थी। अब उसकी आंखें निस्तेज और अस्थिर हो गई थीं। और कभी-कभी वे अपने टूटे हुए सपनों पर ऐसी स्थिर हो जातीं कि पलक झपकना भी भूल जातीं। आंखों का प्रकाश एक गहन शून्यता में डूब जाता। आंख जिधर देखना शुरू करतीं, न देखते हुए भी किसी वस्तु को एकटक देखती रहतीं।

बाबाजी की दृष्टि से भी सोमनाथ की यह स्थिति छिपी नहीं रही। और उषा की विक्षिप्त-सी चेष्टाएं भी उन्हें सतर्क कर रही थीं। उन्हें भय हुआ कि कहीं उन दोनों का मन गहरी विक्षिप्तता में न डूब जाए, दोनों होश न खो दें और उन्माद के रोगी ही न हो जाएं।

सोमनाथ की यह उदासी एक दिन खुशी के मंडराते बादलों में ऐसे बदल गई जैसे पर्वत की घाटी पर छाया कुहरा सूरज की किरणें

छूकर चमक उठता है।

कई महीने पहले, बाबाजी ने सरकार को आश्रम के लिए सौ एकड़ भूमि और उसके विकास के लिए अर्थ-अनुदान पाने की प्रार्थना की थी। क्षेत्रीय सहकारी समिति के स्थानीय अधिकारियों ने बाबाजी की सेवाओं का हवाला देते हुए लिखा था कि 'यह भूमि सदा बांझ रही है। बरसात में नदी का पानी बढ़कर इस भूमि पर फैल जाता है ; इसलिए न तो यह आबाद होती है, न यहां खेती होती है। अगर बाबाजी इस भूमि को खेती और गौशाला के लिए लेना चाहें और उसपर विकास-कार्य कर सकें, तो उन्हें एक लाख रुपये का अनुदान दिया जा सकता है।'

इस सिफारिश पर कई महीने कागज़ी कार्रवाई होती रही ; आखिर, आज ही सरकार की स्वीकृति-पत्र प्राप्त हुआ था।

बाबाजी उसके प्राप्त होते ही सोमनाथ के पास गए और उसके कंधे पर हाथ रखकर बोले—

"बेटा, भगवान ने हमारी बात सुन ली। और जिस बड़े काम के लिए उसने तुम्हारे जैसे योग्य व्यक्ति को देहात में भेजा था उसका श्रीगणेश करने का मुहूर्त भी आ गया।"

सोमनाथ ने सिर उठाया। उसने देखा बाबाजी की आंखों में अद्भुत चमक थी। जब वे किसी बड़े काम की प्रेरणा लेकर किसीके पास जाते तो यही उज्ज्वल प्रकाश उनकी आंखों की ज्योति बन जाता था। उसका चुम्बकीय आकर्षण किसी के भी सोए मन को आत्मीय बनाकर उससे अनहोनी बात करा देने में समर्थ होता था। उसी प्रकाश से प्रदीप्त सोमनाथ को उन्होंने कहा—

"सोमनाथ ! अब काम का समय आ गया है। तुम्हारे भरोसे पर ही मैंने इस काम का बीड़ा उठाया है। कहो, करोगे यह काम ?"

सोमनाथ की नस-नस में नई स्फूर्ति जाग उठी। बड़ी उत्सुकता से, किन्तु अपनी समर्थता पर संदिग्ध-सा होते हुए, उसने पूछा, "कहिए, क्या आज्ञा है ? आप जो कहेंगे वही कर सकूंगा तो सौभाग्य मानूंगा अपना।"

"कर सकने की बात न कहो बेटा ! तुम सब कुछ कर सकते हो।"

"क्या काम होगा बाबाजी, आप आज्ञा दीजिए।" सोमनाथ ने कुछ जाग्रत् आत्मविश्वास के साथ दुहराया।

"काम तुम्हारे योग्य है सोमनाथ ! पांच सौ बीघा ज़मीन का विकास करना है। सरकार ने एक लाख रुपये का अनुदान दिया है। अब तो यह काम पूरा करना ही होगा।"

"मुझे क्या करना होगा बाबाजी ?"

"तुम्हें ही सब करना है। कल मेरे साथ वहां चलो। जगह देख लो। वहीं जाकर निश्चय करेंगे कि कैसे उस बंजर भूमि को हरा बनाना है।"

दूसरे दिन बैलगाड़ी पर बैठकर बाबाजी के साथ सोमनाथ नई ज़मीन पर पहुंचे। पहले दिन मूंज की झोंपड़ी डाली गई। दूसरे दिन ही सोमनाथ ने गोचर भूमि के बीचोंबीच नींव खुदवानी शुरू कर दी।

काम के जोश में सोमनाथ भूल ही गया कि उसकी एक टांग लकड़ी की है। नये उत्साह ने उसकी एक टांग में चार का बल दे दिया था।

नदी पार के गांव से बुलाकर उसने बीस मज़दूर काम पर लगा दिए। सुबह से शाम तक वह काम करता और करवाता। बाबाजी ने छः जोड़ी हल और हलवालों का भी प्रबन्ध कर दिया था। एक

दिन के लिए ट्रैक्टर भी किराये पर लिया गया। ट्रैक्टर ने एक महीने का काम एक दिन में पूरा करके रख दिया।

पौष-माघ की सर्दी में तीन दिन वहीं कच्ची झोंपड़ी में रहने के बाद बाबाजी ने सोमनाथ को वापस जाने की सलाह दी। मगर सोमनाथ का दिल काम में लगा हुआ था। उसने कहा, "कम से कम नींव के ऊपर तीन हाथ की दीवार खड़ी हो जाए तो उसे शांति मिलेगी।"

सोमनाथ की अनन्य निष्ठा ने उसका काम हल्का कर दिया था। नदी पार के गांवों के लोगों से उसने गोचर भूमि के विकास के लिए श्रमदान मांगा। गांव का चौधरी बड़ी चतुर था। उसने कहा, "आप इस नदी पर पुल बनवाने का वचन दें, तो हम आपकी गोचर भूमि की रक्षा के लिए भूमि के चारों ओर दीवार बना देंगे।"

सोमनाथ ने वचन दे दिया ; और अगले दिन से ही सरकार से पत्र-व्यवहार शुरू कर दिया। सोमनाथ की कुर्बानी की चर्चा टाइम्स के बम्बई और दिल्ली के संस्करणों में हो चुकी थी। उसके नाम और काम से बड़े-बड़े अधिकारी परिचित थे। इसलिए उसकी दरख्वास्त पर उस इलाके के संसद्-सदस्य स्वयं ज़िलाधीश के साथ नारौल गांव आए और पुल की योजना का निरीक्षण किया।

खूब सोच-विचारकर सरकार ने तय किया कि अगर गांववाले नारौल की पक्की सड़क से सांवली गांव को मिलानेवाली कच्ची सड़क को पक्की बनाने में श्रमदान देंगे तो सरकार पुल बनवा देगी। यह पुल पहले किश्तियों का बनेगा, बाद में पक्का कर दिया जाएगा।

नारौल से सांवली गांव जानेवाली यह कच्ची सड़क भी गोचर भूमि को छूती हुई जाती थी, इसलिए सोमनाथ ने सरकार की इस शर्त को मनवाने में जान लड़ा दी। गांव के लोग भी उत्साहित हो गए।

जल्दी ही वह समय आ गया जब पूरा गांव सड़क बनाने में श्रमदान देने लगा।

मगर इस सम्पूर्ण श्रमयज्ञ का ब्रह्मा सोमनाथ को ही बनना पड़ा। बाबाजी भी इन सब कामों में सोमनाथ को ही आगे लाते थे। उसकी निष्ठा और तन्मयता की ही छाया गांववालों पर पड़ती थी। सोमनाथ उनका देवता बन गया था।

उसके चेहरे पर नये आनन्द की आभा चमक उठी थी। बाबाजी ने इस परिवर्तन को देखा, तो कहा—

"अब तो बंबई याद नहीं आती बेटा ?"

सोमनाथ ने खुले दिल से जवाब दिया—

"नहीं बाबाजी, मुझे इस भूमि से ही प्यार हो गया है; और इन भोले गांववालों से बम्बईवालों का क्या मुकाबला ! बम्बई केवल पैसे को पहचानती है। पैसा न हो तो पीस देती है अपने फौलादी हाथों में। यहां भी पैसे की बरकत है ; मगर यहां पैसा ही सब कुछ नहीं है, इन्सान की भी कीमत है यहां। मैं यहां बहुत खुश हूं बाबाजी ! आपने मुझे नई ज़िन्दगी दे दी। मगर..."

प्यार और आनन्द की बात कहते-कहते उसका ध्यान अचानक उषा की ओर चला गया। उसे गांव में ही छोड़े सोमनाथ को लगभग दो महीने हो गए थे। हर शाम को सोमनाथ की इच्छा प्रबल हो उठती थी कि वह उषा को यहां बुला ले ; मगर, अभी यहां मकानों की दीवारें पूरी नहीं हुई थीं, फर्श भी कच्चे पड़े थे , साथ में रहने के लिए कोई औरत भी न थी।

कई बार उसने चाहा, वही नारौल चला जाय और उषा से मिल आए; मगर उसे डर था कि वहां जाकर वह उसी दिन उषा से विदाई नहीं

ले सकेगा, और आजकल एक दिन के लिए भी वह इस गोचर भूमि को छोड़कर नहीं जा सकता था। उसे यह भी याद आ जाता कि उसने गांववालों के सामने यह प्रण भी घोषित किया था कि जब तक यह पुल नहीं बन जाता, वह नारौल वापस नहीं जाएगा। इसी प्रण को सुनकर गांववालों ने सामूहिक रूप से श्रमदान देने का संकल्प किया था।

बाबाजी आश्रम और गोचर भूमि के विकास-स्थल के बीच हफ्ते में एक बार चक्कर अवश्य लगा जाते थे। उनसे उषा की स्वस्थता का समाचार पाकर ही सोमनाथ सन्तोष कर लेता था। बाबाजी कभी-कभी वन्दना को भी अपने साथ ले आते थे। एक रात वह अपने पापा के पास रह जाती थी, मगर रात-भर मां के लिए चुपके-चुपके सुबकती रहती। दूसरे दिन सुबह ही उसे लेकर बाबाजी को जाना पड़ता था।

एक दिन सोमनाथ ने बाबाजी से कहा, "बाबाजी ! उषा भी यहां आनन्द से रह सके तो मुझे अपनी टूटी टांग का ज़रा भी दुःख न रहे। उसे भी सुखी रखने का कोई उपाय निकालिए।"

बाबाजी बोले, "बेटा ! उपाय कोई कठिन नहीं है। किसी भी कल्याण-कार्य में तन-मन से लग जाओ, तो सुख मिल ही जाता है। कल्याण-कार्य की खोज भी नहीं करनी पड़ती ; जहां बैठे हो वहीं से और जिस क्षण से चाहो उसी क्षण से शुरू कर दो। उषा के लिए भी मैंने कई कामों की तजवीज़ की। मगर मुश्किल यह है..."

"कुछ भी मुश्किल नहीं बाबाजी ! मैं उसकी सब मुश्किलें आसान कर दूंगा। मुझे बताइए तो सही..."

सोमनाथ की इस अत्यन्त सरलता से कही गई बात पर बाबाजी ने हंसते हुए कहा, "सब मुश्किलें आसान करना इंसान के हाथ में नहीं है बेटा सोम ! उसकी मुश्किल यही है कि वह औरत

है। और इस गांव की औरतें प्रायः सभी पर्दानशीन हैं। उषा का कार्यक्षेत्र यहां की औरतों में ही हो सकता है, जिन्हें मैं भी पूरी तरह नहीं पहचान पाया। फिर भी मैं कोशिश करूंगा। तुम बिलकुल निश्चिन्त रहो।"

बाबाजी ने गांव में प्रौढ़ महिला शिक्षासंघ खोलकर उषा के बुझे मन को किसी कल्याण-कार्य में समर्पित कर कृतार्थता का आनन्द पाने के लिए अनेक योजनाएं बनाईं। उषा ने भी यथाशक्ति योग दिया। मगर, उषा की प्रवृत्ति में न वैसी स्थिरता थी और न ही गांव की परिस्थितियां ही इतनी अनुकूल थीं कि वहां वह अपना मार्ग बना पाती।

कुछ दिनों बाद, बाबाजी ने सोमनाथ को बुलाकर कहा, "यहां रहते-रहते तुम्हें लगभग पांच महीने हो गए हैं। अब मेरी यह इच्छा है कि तुम कुछ माह मेरे आराध्य गुरु के पास ऋषिकेष रह आओ। मेरे गुरु वहां तीर्थ ऋषिकेष के निकट ही एक रम्य तपोवन में रहते हैं। उनके सदोपदेश सुनकर और उनका सत्संग पाकर तुम अपना सारा दुःख भूल जाओगे और तुम्हारा जीवन सफल हो जाएगा। तुम्हारे साथ मैं अपने एक शिष्य को भी भेज दूंगा। वहां तक पहुंचने में तुमको कोई असुविधा नहीं होगी।"

सोमनाथ ने कहा, "आपकी आज्ञा है, तो मैं वहां अवश्य जाऊंगा। मगर, वन्दना और उषा का क्या होगा ?"

"वे दोनों मेरे पास आश्रम में रहेंगी। उनकी चिन्ता मुझपर छोड़ दो।"

बाबाजी की आज्ञा से दूसरे ही दिन सोमनाथ ऋषिकेष के लिए

रवाना हो गया और उषा एवं वन्दना आश्रम में आ गईं।

आश्रम में आकर भी उषा का अकेलापन बना ही रहा। वह हर समय गुमसुम बैठी रहती। बाबाजी ने सलाह दी कि "कुछ दिन के लिए तुम अपने पिताजी के पास चली जाओ। मैं तुम्हें बम्बई छोड़ आने का प्रबन्ध कर दूंगा।"

बाबाजी को आशा थी कि इस प्रस्ताव से उषा खिल उठेगी। लेकिन ऐसा नहीं हुआ। बल्कि बड़े आग्रह से उसने अपने मां-बाप के पास जाकर बम्बई रहने से इन्कार कर दिया।

पहले बाबाजी के सामने आकर उषा के चेहरे पर आश्वस्ती और आत्मप्रसाद के भाव नज़र आ जाते थे, किन्तु अब उसके चेहरे पर निपट शून्यता आ गई थी।

"तुम्हारी जैसी इच्छा होगी वैसा ही होगा।" कहकर बाबाजी ने उषा को अपने कमरे में जाने की अनुमति दे दी, किन्तु उनका मन उषा के लिए चिन्ताशील हो गया।

उषा ने अपने कमरे में अपने को बन्द कर लिया था ; सिवाय बाबाजी के वह किसीके लिए अपना कमरा नहीं खोलती थी। बाबाजी के सामने भी वह अधिक देर नहीं बैठती थी।

बाबाजी भी अब उससे कुछ दूर रहने लगे, मगर उसकी चेष्टाओं पर उन्होंने कड़ी निगरानी रखी।

एक दिन उन्होंने देखा कि वह अकेली पास के तालाब पर गई। तालाब बहुत गहरा था। तालाब के ऊंचे किनारों पर पक्की दीवार बनी थी। सारे गांव को यहीं से पानी जाता था। पक्के फर्श पर वह बैठी रही। खूब अंधेरा होने भी उषा उठकर वापस नहीं

आई। बाबाजी दूर से उसकी चेष्टाएं देख रहे थे। उनके पारदर्शी मन ने गवाही दी कि उषा इस तालाब में डूबने के लिए गई है।

लम्बे कदम बढ़ाकर वह तालाब पर पहुंचे। उषा आत्मघात के लिए प्रयत्न करने को तालाब में कूदने को तैयार ही थी कि बाबाजी ने पीछे से जाकर उसके कंधे पर हाथ रख दिया।

चौंककर वह पीछे मुड़ी। पीछे बाबाजी को देखते ही वह रो पड़ी। उसका सारा शरीर हवा के झोंके से कांपते बेंत की तरह थरथराने लगा। रोते-रोते सिसकियां बंध गईं। बाबाजी ने उसके कांपते शरीर को अपनी मज़बूत भुजाओं में थाम लिया। उसका सिर बाबाजी के कंधों पर था।

सहारा देकर बाबाजी उसे आश्रम में ले आए। आते समय गांव के कुछ लोगों ने, जिनमें दारोगा भी था, देखा।

"बाबाजी, मज़े में हो।" कहकर दारोगा ने व्यंग्य भी किया।

दारोगा के ही एक साथी ने यह आवाज़ दी, "काश हम भी बाबाजी होते।"

दारोगा ने फिर व्यंग्य किया, "पहुंचे हुए सिद्ध हैं बाबा।"

गांव के अग्रवालों का मुखिया चौधरी सोमनाथ से जला-भुना बैठा था ; वह बोला, "बेचारा सोमनाथ भी क्या करे, एक पैरवाले से दोपाया तो अच्छा होता ही है।"

बाबाजी ने किसी के बोल पर ध्यान नहीं दिया। असीम शांति के साथ वह उषा को उसके कमरे में ले आए। उषा कमरे का दरवाज़ा बन्द करने को उठते हुए बाबाजी को विदाई देने लगी, तो बाबाजी ने कहा—

"बेटा ! तुम्हारे दुःख को मैं पहचान रहा हूं। मैं जानता हूं बम्बई का जीवन बड़ा सुखद होगा। वहां के रंगीन दृश्य भूलनेवाले नहीं

हैं। उनकी याद तुम्हें ज़रूर सताती होगी। मैं भी बम्बई...”

उषा ने बात काटी—

“नहीं बाबा ! मुझे बम्बई की याद नहीं आती।”

“वहां जो हुकूमत थी, दस आदमी मातहत थे।”

“नहीं, वह भी नहीं।”

“हर महीने जो नया धन मिलता था, नई-नई चीज़ें खरीदने को मिलती थीं।”

“नहीं, बाबा नहीं।”

“तो क्या सोमनाथ बदल गया है ? वह तुमसे प्रेम नहीं करता ?”

“यह भी नहीं।”

“या, तुम उसके बदले स्वरूप से प्रेम नहीं करती हो, और दुनिया के सामने दिखावट करनी पड़ती है, इससे ?”

उषा इस प्रश्न को सुनकर और भी उदास हो गई ; मगर हर शब्द को तोलती हुई बोली—

“वे बदल गए हैं, यह सच है बाबाजी ! मगर, मैं अपने को उनसे अलग नहीं मानती। दुर्भाग्य के शिकार हम दोनों एकसाथ हुए हैं। उन्होंने भगवान की इच्छा कहकर स्वीकार कर लिया, तो मैंने भी कर लिया। मेरा मन और उनका मन एक है।”

बाबाजी उषा के मुख से ऐसी बात सुनकर स्तब्ध रह गए। उषा हिन्दू पत्नी के उच्चतम आदर्शों को जानती ही नहीं थी, जीवन में उन्हें ढाल रही थी। बाबाजी के मन में उषा के लिए स्नेह के साथ श्रद्धा के भाव भी जगे। बोले—

“तुम पत्नी ही नहीं, माता भी हो। शायद वन्दना के भविष्य के लिए चिन्तित रहती हो ?”

"यह चिन्ता तो अभी बड़ी दूर की है। वन्दना अपना भाग्य लेकर आई है। केवल हम ही इसके भाग्यविधाता नहीं हैं। हम तो केवल इसे अपना प्रेम दे सकते हैं, भाग्य तो भगवान के हाथ है।"

बाबाजी इस प्रश्न के उत्तर में भी उषा की गहरी उदासी का कारण न पा सके। उषा के उत्तर सुनकर तो उन्हें प्रतीत हुआ कि शायद वे ही जिज्ञासु बनकर उषा के पास आए हैं और उषा जीवन के अनुभवों से मिला नया ज्ञान दे रही है उन्हें।

थोड़ी देर विचार में डूबे रहने के बाद बाबाजी ने कहा—

"बेटी ! इतनी सयानी होने के बाद भी तुम तालाब में कूदने को क्यों तैयार थीं ?...मुझे तो कुछ समझ में नहीं आता।"

उषा ने धीमे से कहा, "आ भी नहीं सकता, आप समझने की कोशिश न करें।"

"कोशिश न करूं ! क्यों ?"

"इसलिए कि सब कुछ इन्सान जान नहीं सकता। सर्वज्ञ होने का यत्न करना ईश्वर की सर्वज्ञता को चुनौती देना है, इस यत्न में असफलता और दुःख ही हाथ आएंगे।"

बाबाजी बिलकुल निरुत्तर हो गए थे। उन्हें कोई भी प्रश्न नहीं सूझ रहा था। इस बेबसी से उनका चेहरा मुरझा गया, जैसे कोई दीपक बुझ गया हो। मगर मुरझाए चेहरे पर करुणा की ऐसी शीतल आभा आ गई कि उषा का हृदय उस शीतल आग के स्पर्श से पिघल उठा। वह स्वयं अपने रहस्य को अनावृत करने के लिए उद्यत हो गई। फिर भी पूरी सावधानी लेते हुए उसने कहा—

"बाबाजी, आप मेरा दुःख जानकर क्या करेंगे ?"

"क्या करूंगा ? कोई उपाय सोचूंगा, उसे दूर करने का। और

क्या किया जाता है ?"

उषा ने कहा, "दुनियावाले जो कहते हैं, आपसे छिपा नहीं है।"

"मैं तो दुनियावाला नहीं।"

"नहीं बाबाजी, उनके साथ आपको रखना तो पाप है।"

"मुझसे कह दो बेटी, जो भी दुःख हो। मैं उपाय करूंगा। मुझे अपने पिता के समान मानो।"

"यह दुःख ऐसा है बाबाजी कि पिता से भी नहीं कहा जाता।"

"क्यों ? पिता से क्यों कोई छिपाएगा अपना दुःख ?"

"इसलिए कि पिता को भी समाज के मान-अपमान का ध्यान होता है। पिता केवल पिता नहीं, वह समाज का एक भाग है। उसकी अपनी दुनिया है। दुनियावालों को खुश रखना है, उनसे इज़्ज़त लेनी है। वह बेटा-बेटी के किसी ऐसे काम को सहार नहीं सकता जिससे दुनिया में उसपर कलंक आता हो।"

उषा की यह बात बाबाजी को सच्ची लगी, मगर वह हार माननेवाले नहीं थे; बोले—

"तो, मुझे अपनी मां मान लो। मां की नज़र में बेटा-बेटी का सुख ही सबसे बड़ा होता है।"

'मां' शब्द ने उषा की आंखें गीली कर दीं। उसका गला भर आया। रुंधे कण्ठ से उसने कहा—

"आपका आग्रह है तो आपको एक वचन देना होगा।"

बाबाजी किंचित् संकोच, परन्तु दृढ़ता से बोले—

"तुम्हारा कल्याण इसी में है, तो वचन देता हूं।"

"यह रहस्य आप किसीपर प्रकट नहीं करेंगे।"

"हां, ऐसा ही होगा।"

"मेरे पति सोमनाथ पर भी नहीं।"

"तथास्तु।"

पूर्णतः आश्वस्त होने के बाद, उषा ने अपनी सारी कहानी सुना दी। कुछ भी छिपाकर नहीं रखा।

उषा की पूरी आपबीती से यह स्पष्ट हो गया कि अगले चार महीने बाद वह एक जारज बच्चे की मां बननेवाली है। कहानी कहते-कहते उषा ने कितनी ही बार साड़ी के पल्ले से चेहरा छिपाया था और कितनी ही बार वह सिसकियों में फूट पड़ी थी। लेकिन एक बार शुरू करके अब वह बाबाजी के सामने कुछ भी छिपाकर नहीं रखना चाहती थी। उसने कभी धारा-प्रवाह और कभी लड़खड़ाते शब्दों में सब कह दिया।

सब सुनने के बाद बाबाजी ने करुणार्द्र स्वर में पूछा—

"अब क्या करना चाहती हो बेटी ?"

"अब मैं इस कलंक के साथ अपने जीवन का अन्त कर देना चाहती हूं।" उषा ने स्थिरता से उत्तर दिया।

"कारण ?"

"सब कुछ सुनने के बाद भी आप कारण पूछ रहे हैं।"

"हां, मुझे इसमें दो जीवन नष्ट करने के कोई कारण दिखाई नहीं देते।" बाबाजी ने स्पष्ट शब्दों में कहा।

"पहला तो यह है कि मुझे यह अपराध भीतर ही भीतर खाए जा रहा है। मुझसे यह ग्लानि सहन नहीं होती।"

"और दूसरा ?"

"दूसरा यह है कि मेरा स्वाभिमान मुझे क्षमाप्रार्थिनी बनने की इजाज़त नहीं देता। मैं किसी भी प्रकार का दैन्य स्वीकार करके जीना नहीं चाहती। उससे मौत अच्छी है, यही मेरा हृदय साक्षी देता है।"

"किन्तु, यदि मैं कहूं कि ये दोनों कारण मिथ्या हैं।"

"मिथ्या कैसे ?...मैं इनका स्वयं अनुभव कर रही हूं।"

"अनुभव भी तो मिथ्या कारणों से हो सकता है।"

"लेकिन मुझे विश्वास है..."

"मैं तुम्हारा विश्वास बदल सकता हूं।" बाबाजी ने पूरे बल से कहा।

"आप कहते हैं तो मानना पड़ेगा। मुझे आपपर पूरी श्रद्धा है। लेकिन मेरा विश्वास तभी बदलेगा, यदि मुझे तर्क से समझा सकेंगे आप।"

बाबाजी बोले, "तर्क ही दूंगा मैं। पहली बात तो यह है कि तुमने अपराध किया ही नहीं है, अनजाने में तुमसे हुआ है और तब हुआ है जब तुम होश-हवास में नहीं थीं।"

"होश-हवास खोने का अपराध भी तो अपराध है।" उषा ने तर्क किया।

"अपराध अवश्य है, किन्तु उसकी सज़ा मौत नहीं है। तुम उस अपराध के लिए अपनी और एक मासूम बच्चे की जान नहीं ले सकतीं।"

उषा चुप थी। बाबाजी फिर बोले—

"दूसरा कारण स्वयं निर्मूल हो जाता है, क्योंकि उसका प्रतिपादन पहले कारण की नींव पर ही होगा। तुम्हारी स्वाभिमान भावना अच्छी है। किन्तु स्मरण रखो, अपराध स्वीकृति से ही किसीका स्वाभिमान नष्ट नहीं हो जाता। ऐसे मिथ्या स्वाभिमान को सचाई के आगे समर्पित होना ही चाहिए। हम स्वाभिमान शब्द का प्रयोग प्रायः मिथ्या अहंकार के भाव में कर देते हैं। इस अहंकार से विनम्रता श्रेयस्कर है। विनम्र होने से ही कोई दीन नहीं बन जाता। विनय या दैन्य तभी अपराध बनता है जब स्वार्थ भावना से किया जाए। सत्य के आगे झुकना दैन्य नहीं है।"

उषा ध्यान से सुन रही थी।

बाबाजी ने कहना जारी रखा—

"जितना अपराध तुमसे हो गया, उसे उतना ही जानकर बिना भय स्वीकार कर लो। यश-अपयश सबका अभिनन्दन करो—अपनी अन्तरात्मा में भी और समाज में भी। और उसके लिए भविष्य में सावधान रहने का व्रत ले लो। यही अपराध का प्रायश्चित्त है। यही करोगी तो भयभीत नहीं होओगी। सचाई ही इन्सान को भय से मुक्त करती है। सचाई को मत छुपाओ। सत्य ही मुक्त करता है। शेष सब पलायन है। डरकर भागो मत। जहां भी हो, वहीं स्थिर रहकर अपना कर्तव्य-कार्य पूरी करती रहो, चाहे वह दण्डस्वरूप हो या शाप-स्वरूप। यही जीवन का सच्चा मार्ग है।"

उषा दत्तचित्त होकर बाबाजी की गहन-गंभीर वाणी सुनती रही। अपराध और दण्ड की ऐसी विशद और मार्मिक व्याख्या उसने कभी नहीं सुनी थी।

समय बहुत हो गया था। शाम को साढ़े छः बजे से आठ बजे तक का समय आश्रम का सम्मिलित ध्यान का समय होता था। सभी आश्रमवासी उस समय बाबाजी के चरणों में बैठकर प्रभु का स्मरण भी करते और धर्म-चर्चा भी करते थे। आज यह सारा समय उषा के पास बीत गया। आश्रमवासियों ने भी आश्चर्य से देखा कि बाबाजी अपने किसी भक्त पर आपत्ति की घड़ी आने पर तो उसका सारा दुःख अपने कन्धों पर रख लेते हैं। उनका विश्वास था कि दैहिक दुःखों के निष्काम भोग से मनुष्य भोग-रहित हो सकता है। इसीलिए वे दैहिक दुःखों का भी स्वागत करते थे।

दूसरे दिन संध्या-समय फिर आश्रम की सम्मिलित प्रार्थना के बाद जप-तप-ध्यान आरम्भ हुआ। जप-तप के बाद जब सब उठ गए, ती उषा को फिर एकांत में प्रश्न करने का अवसर मिला।

रात-भर उषा को नींद नहीं आई थी, मन में प्रश्नों की झड़ी लगी रही। उनमें से ही उसने एक प्रश्न किया—

"बाबाजी, अपनी चिन्ता नहीं मुझे, मगर अकेली मैं क्या कुछ कर सकूंगी ?...पिता कौन बनेगा उसका? किस घर में रहेगा ? परवरिश कहां पाएगा ? कौन उसे अपनाएगा ?...अपने कलंक की चिंता मैं नहीं करूंगी, मगर उस मासूम बच्चे को क्या जवाब दूंगी?" कहते कहते उषा फिर थरथर कांपने लगी। उसके मन में आंधियां उठ रही थीं। भविष्य की अंधकारपूर्ण अनिश्चितता ने उसे आमूल हिला दिया था।

बाबाजी ने फिर आश्वासन दिया, "बेटी, मुझपर भरोसा कर। मैं इसका बाप बनूंगा, पालन-पोषण करूंगा। जिस बालक की तू मां बन चुकी, उसका अनिष्ट-चिन्तन करना तेरा धर्म नहीं है। भगवान स्वयं पिता बनकर इसका कल्याण करेंगे। तू मां बनी है, माता का धर्म पालन कर, शेष मुझपर छोड़ दे।"

बाबाजी ने यह शब्द इतनी दृढ़ता से कहे थे कि उषा के सब संशय मिट गए। उसने दृढ़ संकल्प कर लिया कि वह किसी प्रश्न को हृदय में जड़ जमाने का अवसर ही नहीं देगी। एक बार किसी सन्देह को स्थान दे दें तो वह एक पर एक बढ़ता ही जाता है। केवल अटूट श्रद्धा ही इन प्रश्नों का एकमात्र समाधान हो सकती है।

उस दिन के बाद उषा के मन में कोई भी प्रश्न उठता, तो बाबाजी का ध्यान करके उसका अन्त कर देती।

धीरे-धीरे वह समय भी आ गया जब शरीर में शिशु के कारण परिवर्तन होते भी नज़र आने लगे। उनके समक्ष आते ही उषा ने अपने

को आश्रम के एक उस मकान में कैद कर लिया जो मुख्य आश्रम से हटकर बनाया गया था। केवल एक परिचारिका ही मकान में आती-जाती थी। बाबाजी ने इसका निर्माण धर्मार्थ चिकित्सालय के लिए किया था, जहां गांव के लोग मुफ्त ओषधि ले सकें।

तीन महीने इसी प्रकार बीत गए।

इस बीच उषा ने अपनी सेविका को धाय के काम से परिचित करा दिया था। उसका विश्वास पाने के लिए वह उसे भरपूर इनाम भी देती रहती थी।

आखिर, एक रात बारह बजे उषा को प्रसव-पीड़ा शुरू हुई। दो घण्टे तक वह कराहती रही। फिर गले से आवाज़ निकलना भी कठिन हो गया। सेविका घबरा गई। उषा की पीड़ा का कोई अन्त न था। कभी तो यही मालूम होता था कि जीवन का दीप अब बुझने ही वाला है।

सेविका ने चाहा कि बाबाजी को खबर दे दे, मगर उषा ने उसे रोक दिया।

दो-तीन घंटे की यन्त्रणा के बाद पुत्र का जन्म हुआ। जन्म के साथ उषा बेहोश हो गई थी। सेविका ने बड़ी सावधानी से आवश्यक उपचार कर दिया।

तब तक सवेरा हो गया था। सब आश्रमवासी ध्यान-मंदिर में सम्मिलित ध्यान तथा उपदेश के लिए एकत्र हुए थे। उपदेश समाप्त होने के बाद, सेविका ने पुत्र-जन्म का मंगल समाचार बाबाजी को एकान्त में दे दिया।

बाबाजी को यह जानकर खुशी हुई कि मां और शिशु दोनों स्वस्थ हैं। थोड़ी देर बाद, वे वहां जाकर बच्चे को देख आए।

बाबाजी को आया देख, उषा की मुरझाई आंखों में नया प्रकाश आ गया था। सेविका को उपचार के सम्बन्ध में परामर्श देकर बाबाजी वापस चले गए।

वन्दना, सेविका और बाबाजी के अतिरिक्त किसीको पुत्र-जन्म का हाल मालूम नहीं हुआ।

वन्दना ने जब नन्हे से शिशु को देखा तो पूछा, "कहां से आ गया यह ? कौन लाया इसे ?"

वन्दना को उषा ने प्रसव-पीड़ा प्रारम्भ होते ही पड़ोस में भेज दिया था। उसके लिए शिशु का आना अकस्मात् ही हुआ था।

उषा ने वन्दना को कोई उत्तर नहीं दिया। मां को चारपाई पर लेटा देख, उसने प्रश्न किया, "तुम बीमार क्यों हो गई मां ?"

उषा ने कहा, "भगवान ने कर दिया बेटी।"

"भगवान बीमार क्यों कर देता है ?"

"जब कोई बुरा काम करे तो भगवान यही सज़ा देता है।" उषा ने उत्तर दिया।

"तुमने भी कोई बुरा काम किया था ?"

"हां बेटी, हम सबसे भले-बुरे काम होते ही रहते हैं, हम कोई भगवान थोड़े ही हैं।"

इतने में नन्हा मुन्ना रो पड़ा। वन्दना का ध्यान उधर गया। वन्दना ने फिर वही प्रश्न दुहराया—

"इसे कौन लाया मां ?"

उषा तो चुप थी। मगर सेविका ने वन्दना को शान्त करने के लिए कह दिया, "इसे एक फकीर दे गया है।"

कौन-से फकीर ?" वन्दना ने फिर सवाल किया।

सेविका ने कहा, "वही, जो गुग्गपीर के मेले में मिले थे। तूने वहां कुश्तियां भी देखी थीं। कितने फकीर थे वहां।"

"हां, और उन्होंने काला कम्बल पहना था। उनके हाथ में चिमटा भी था। इतने बड़े चिमटे का क्या करते हैं वे ?"

वन्दना को नये से नये सवाल सूझते जाते थे। सेविका अपनी बुद्धि से उनका उत्तर घड़-घड़कर देती जाती थी।

मुन्ना रो पड़ा तो उषा ने उसे दूध पिलाकर सुला दिया। सोए-सोए वह मुस्कराया तो उषा चौंक उठी, जैसे कोई भूली बात याद करके अचानक चौंक उठता है।

उषा ने देखा, मुन्ने की शक्ल बिलकुल राकेश से मिलती थी। माथा वैसा ही कुछ उभरा हुआ था, नाक का उभार वैसा था, ठोड़ी उसी तरह नोकीली और आंखें वैसी ही गोल थीं। आंखों की पुतलियों का रंग भी हूबहू वैसा था, भूरेपन में नीला रंग उसी अनपात में था जिस अनुपात में राकेश का था। कोई भी उसे देखकर राकेश का प्रतिरूप कह सकता था।

यह देखकर उषा का दिल धड़क गया; जैसे उसका कोई सोया हुआ ज़ख्म जाग उठा हो।

उसी समय बाबाजी अचानक फिर न आ जाते, तो शायद उषा के हाथों की पतली-पतली उंगलियां बच्चे का गला घोंट देतीं, या उषा अपने ही गले का फन्दा बनाकर प्राण दे देती। बाबाजी ने आते ही उसके चेहरे पर छाई कालिमा देख ली। बोले—

"बेटी, मैं तेरी व्यथा समझता हूं। मगर थोड़ा धैर्य रख। मुझपर विश्वास कर।...याद रख, मां बनकर तूने कोई अपराध नहीं किया है।"

"मैं कुछ भी समझ लूं, मगर यह शैतान पाप की प्रतिरूप बनकर

आया है। इसे देखकर कोई भी कह देगा, यह राकेश की सूरत है। मैं इस पाप को नहीं छिपा सकती बाबाजी ! मुझे मरने दो, मरने दो।"

बाबाजी उषा के सिरहाने बैठकर उसके सिर पर कोमलता से हाथ फेरते हुए बोले—

"बेटी, एक पाप को दूसरे पाप से नहीं धोया जा सकता। इसे धोने को तो महान पुण्य करना होगा। इसे छिपाने को मैंने नहीं कहा। इसे स्वीकार करो और अपनी तपस्या से इस पाप को पुण्य में बदल दो।"

"पाप भी कभी पुण्य में बदलता है बाबाजी ?"

"हां बेटी, बदलता है।"

"कैसे ?" उषा ने उत्सुकता से पूछा।

बाबाजी ने गंभीरता से कहना शुरू किया—

"तपस्या से, बेटी, पाप पुण्य में बदल जाता है। तप करना होगा, यन्त्रणाओं में तपना होगा। अपने-पराये सब कष्ट देंगे; मगर, यदि तुमने कष्ट सह लिया तो तुम्हें भगवान का वरदान मिलेगा। मां बनाकर ईश्वर ने तुम्हें प्रायश्चित्त करने का अवसर दिया है। धैर्य रखो, जिसने तुम्हें मां बनाया है वही तुम्हें बल देगा। विश्वास करो, विश्वास ही से सब मिलेगा।"

दस-पन्द्रह दिन और बीत गए।

उषा अब उठकर सब काम करने लगी थी। कभी-कभी, जब वह बहुत उदास हो जाती तो, बाबाजी उसको धीरज बंधा देते थे।

बाबाजी की सब बातें उषा को समझ नहीं आती थीं, किन्तु उनकी स्वच्छ-शांत आंखों के प्रकाश में उसे जीने की प्रेरणा और धैर्य से सब सहने की क्षमता मिलती थी।

आज बाबाजी दोपहर को ही उषा की कुटीर में आए थे। साधारणतया वह प्रतिदिन प्रार्थना के बाद ही आया करते थे। आज आते ही उन्होंने कहा, "मैं तुम्हें यह कहने आया था कि ऋषिकेष से सोमनाथ का पत्र आया है, वहां चार महीने के आश्रम-निवास के बाद वह आज रात को ही यहां आ रहा है।"

उषा फिर अधीर हो गई; बोली, "अब क्या होगा बाबाजी ?"

"जो होगा होने दो बेटी, जो हो गया वह हो गया, जो होना है वह होना ही है। शांत चित्त से साक्षी बनकर देखती जाओ।"

"मैं साक्षी बनकर कैसे रह सकती हूं बाबाजी, मैं तो मुख्य पात्र बन गई हूं इस नाटक की, मैं तटस्थ कैसे रह सकती हूं ?"

"मुख्य पात्र बनी हो तो मुख्यता का दायित्व निभाओ। ईश्वर ने अपनी लीला का माध्यम तुम्हें ही चुना है, तो तुम्हें ही उसकी लीला पूरी करनी होगी। ईश्वर कल्याण ही करेंगे, इसी विश्वास से जो होता है होने दो।"

बाबाजी का आदेश मानकर उषा पूर्ण श्रद्धा से सर्वस्व समर्पित करके प्रशान्तचित्त कुछ घंटे निद्रा की गोद में सो गई।

जब जागी तो सन्ध्या हो गई थी। दरवाज़े पर किसीके आने की आहट हुई। आहट से ही वह पहचान गई, सोमनाथ आ गया था।

उसके लिए अब सारी दुनिया सोमनाथ के पदचाप तक सीमित थी। सांस रोककर उसने केवल उस उत्तरोत्तर निकट आती हुई पध्वनि पर सम्पूर्ण ध्यान केन्द्रित कर दिया था। उस ध्वनि में ही उसे कभी जीवन का प्रकाश दिखलाई देता और कभी मृत्यु की छाया दिखलाई देती।

वे क्षण कितने लम्बे हो गए थे। एक-एक क्षण एक युग-सा लम्बा बीत रहा था।

इसी बीच उसने वन्दना की आवाज़ सुनी। वह दौड़कर अपने पिता सोमनाथ से लिपट गई थी और हाथ पकड़कर कह रही थी—

"पापा ! देखो एक कौन आ गया हमारे घर।"

"कौन आ गया ! कोई मेहमान आया है क्या ?"

"नहीं आप ही बताओ।"

"मैं कैसे बताऊं बेटी। मैं तो अभी बाहर से आ रहा हूं।"

"हां, तो मैं बताती हूं। एक नन्हा-सा मुन्ना आया है।"

"मुन्ना आया है ! कहां से आ गया ?"

"कोई फकीर दे गया है, पापा ! वह जो काम करने आती है न महरी, वह कहती थी, गुग्गपीर के मेलेवाला कोई फकीर उसे दे गया है।"

सोमनाथ ने हंसते हुए कहा, "तब तो तेरी मौज बन गई, बेटी ! खूब खेलती होगी तू उससे ?"

वन्दना ने उछलते हुए कहा, "हां पापा ! खूब खेलती हूं ; मगर बड़ा शैतान है वह।"

"क्या शैतानी करता है वह वन्दना ?" सोमनाथ ने यही पूछ लिया।

वन्दना नाक-भौं सिकोड़कर बोली, "कभी रोता है, कभी मुत्ती करता है, और कभी तो...छिः...छिः...सब मैला कर देता है। मां बेचारी दिन-भर साफ करती है। मगर उसे तो अकल ही नहीं, पापा !"

सोमनाथ ने बड़ी दिलचस्पी से वन्दना की बातें सुनीं। फिर वन्दना ने ही अपने पापा का हाथ पकड़ा और कहा, "चलो पापा, तुम्हें दिखाऊं उस शैतान को।"

सोमनाथ ने कहा, "चल, दिखा तो !"

आगे-आगे वन्दना, पीछे-पीछे सोमनाथ, दोनों घर में आए। उषा ने चरण छुए। पहले उसने कभी चरण नहीं छुए थे। प्रेम से अभिवादन करते हुए हाथों में हाथ लेकर कुछ कदम साथ-साथ चलना ही पर्याप्त था। मगर, आज उसने झुककर पैर छू लिए।

सोमनाथ लाठी के सहारे चलता था। उषा की नम्रता देखकर वह भौंचक रह गया। पास ही पड़ी हुई कुर्सी पर बैठते हुए उसने कहा, “बड़ी बदल गई हो उषा तुम !”

उषा ने भी पास ही तख्त पर बैठते हुए कहा, “आप भी तो बदल गए हैं। ऋषिकेष के तपोवन में आप मुनि बनने की इच्छा से जाएं और मैं मुनिवर के चरण-स्पर्श न करूं, यह कैसे संभव है?”

“मैं मुनि बना या नहीं, पर तुम तो मुनि-पत्नी बन ही गई हो।” सोमनाथ ने व्यंग्य किया।

सोमनाथ को जैसे भूली बात याद आई हो; बोला, “वन्दना कहती है, कोई फकीर कुछ दे गया है यहां, देखें कहां है वह शैतान ? वन्दना कहती है, बड़ा शैतान है वह।”

उषा के पैर मन-भर के हो गए। फिर भी कांपते दिल को मज़बूती से थामकर वह उठी और हाथों में उस छोटे-से सांस लेते मांस-पिण्ड को उठाकर सोमनाथ की गोदी में रख दिया।

सोमनाथ ने देखा तो एक क्षण देखता रह गया। उषा की नस-नस में इस समय बिजली दौड़ रही थी। उसे भय था कि कहीं सोमनाथ इसकी सूरत का किसीसे मिलान तो नहीं कर रहा। उसे राहत मिली जब सोमनाथ ने हंसते हुए कहा—

“कौन कहता है यह शैतान है, यह तो भोले भगवान का रूप है, वरदान है देवता का यह। शैतान कहां है, देवता है यह तो।”

उसी समय उसने सोमनाथ की कमीज़ गीली कर दी—"लो उषा, इसका कपड़ा बदल दो, गीला हो गया यह।"

वन्दना ने दूर से देखा, तो तालियां बजाती दौड़ी आई—"कौन-से देवता हैं ये पापा ?"

"अरे इन्द्र देवता ही तो आकाश से वर्षा करते हैं, तू जानती नहीं ?"

"अच्छा तो ये इन्द्र देवता हैं ? इन्द्र देवता बहुत शैतान भी होते हैं क्या ?"

तब से उस मुन्ने का नाम 'इन्द्र' (इन्द्रनाथ) पड़ गया।

सोमनाथ को बच्चे से खेलता देख उषा के सीने पर पड़ा बोझ हल्का हो गया। रसोई में जब वह सोमनाथ के लिए दूध गरम करने गई तो दोनों हाथ जोड़कर भगवान से प्रार्थना की—'भगवन् ऐसी ही कृपा-दृष्टि रखना।'

दूध पीते-पीते सोमनाथ को कुछ ध्यान आया ; बोला, "उषा, जो फकीर इसे यहां छोड़ गया था, उसका कुछ ठौर-ठिकाना भी ज्ञात है ?"

उषा इस प्रश्न पर फिर सहम गई ; बोली, "फकीरों का ठौर-ठिकाना हो, तो फकीर ही क्या हुए वे ?"

सोमनाथ मान गया ; बोला, "सच है, मगर ऐसे मामलों में सावधानी की आवश्यकता है।"

"कैसी सावधानी ?"

"पुलिस के रोज़नामचे में इसका नाम दर्ज करा देना चाहिए। नहीं तो, बाद में कोई झूठा वारिस आ जाए तो झंझट में भी फंसें और पले-पलाए बच्चे से भी हाथ धोने पड़ें।"

उषा ने बहुत रोका, मगर सोमनाथ न माना। कानूनी मामलों में वह

उषा को नासमझ ही मानता था, इसलिए उसी रात वह पुलिस-चौकी में यह दर्ज करा आया कि कोई फकीर उनके घर एक बीस-पचीस दिन का बच्चा छोड़ गया है, जिसकी परवरिश की जा रही है।

पुलिस की चौकी आश्रम के सामने एक फर्लांग के फासले पर बनी थी। दारोगा ने स्वयं रिपोर्ट लिखी और लिखकर रजिस्टर बन्द कर दिया। सोमनाथ ने समझा, यह काम भी निपट गया।

मगर, वह काम निपटा नहीं था, शुरू हुआ था। वह रात तो चैन से बीत गई। मगर, दूसरे ही दिन पुलिस-चौकी से थानेदार अपने मुन्शी के साथ आश्रम में आ गया। आश्रम में सभी व्यक्ति निस्संकोच आ सकते थे। आश्रम का द्वार सभी के लिए खुला था। मगर वहां सब प्रभु की प्रार्थना के लिए या कल्याण-कार्यों में योग देने के लिए भक्ति-भाव से ही आते थे।

दारोगा भी कई बार आश्रम के विशेष सत्संगों में आया था। बाबाजी के व्यक्तित्व के लिए उसके हृदय में सम्मान था, किन्तु उन्हें वह अपने मार्ग का कांटा मानकर अपना दुश्मन ही मानता था।

गांव के बीसियों आदमी दारोगा की शिकायतें बाबाजी से करते थे। उन्होंने कितने ही मुखों से यह सुन रखा था कि दारोगा रिश्वत लिए बिना किसी का काम नहीं करता। गरीबों की जवान बहू-बेटियों पर उसकी हमेशा नज़र रहती थी। झूठे मुकद्दमों में फंसाकर वह किसानों का खून चूसा करता था। बाबाजी ने एक बार ज़िलाधीश को कहकर दारोगा की इन शिकायतों की जांच करवाई थी। तभी से दारोगा बाबाजी से जला बैठा था। आश्रम में आकर वह सीधा सोमनाथ की कुटीर पर चला गया। उषा उसे देखते ही सहम गई। सोमनाथ से उसने कहा, "मैं घटनास्थल पर जांच करने के लिए आया हूं।"

उसके प्रश्नों का अन्त नहीं था—"फकीर कब आया था ? उसने क्या पहना था ? बालक कितने दिन का था ?" आदि प्रश्नों की झड़ी लगा दी उसने।

उषा ने कह दिया, "मुझे कुछ मालूम नहीं। मैंने फकीर को नहीं देखा। कब आया, कैसा था ? यह भी कैसे कह सकती हूं, जब उसे देखा ही नहीं।"

रिपोर्ट लिखकर दारोगा चला गया।

मगर जाते-जाते वह कह गया, "अभी इसकी सब तहकीकात करनी होगी। यह मामला रफा-दफा नहीं किया जा सकता। लड़का किसी ऊंचे खानदान का मालूम होता है। फकीर इसे कहां से चुरा लाया है, इसकी मालूमात करनी होगी।"

दारोगा के हाथ कुंजी लग गई थी।

शाम को उसके घर गांव के चुने हुए चौधरियों और पंचायत के शरारत-पसंद लोगों की चौकड़ी जमती थी। आज की बैठक में दारोगा ने सोमनाथ के घर खुदा के घर से टपके बच्चे का ही ज़िक्र किया। सभीकी राय हुई कि इस मामले को खूब तूल दिया जाए। गांव-भर में यह बात फैल गई कि बाबाजी के योगाश्रम में एक बिना मां-बाप के बालक ने अवतार लिया है।

कुछ श्रद्धालु औरतों ने इसे पीर की देन मान लिया। नारौल में मूर्खों की संख्या अधिक थी। औरतें एक प्रतिशत भी लिखी-पढ़ी नहीं थीं। उनका यही काम था, भाद्रपद में दूधली गांव के मंदिर की यात्रा करना और कार्तिक में गुग्गपीर के मेले में जाकर फकीरों के आगे माथा टेकना।

दूसरे ही दिन इनमें से बहुत-सी औरतों ने आश्रम में जाकर सोमनाथ की कुटीर के आगे मेला लगा दिया। वे फकीर के फरिश्ते

को देखने की जिद्द करने लगीं। बालक को सचमुच देवता की देन मानकर वे बच्चे के आगे माथा टेकती थीं और उसके छोटे-छोटे गुदगुदे पैरों को सिर से लगाकर अपना मस्तक पवित्र करती थीं।

उस शाम सोमनाथ बड़ी देर तक प्रार्थना के बाद भी ध्यान-भवन में बाबाजी के पास बैठा रहा। ऋषिकेष के भव्य दृश्यों और बाबाजी के गुरुजी के चमत्कारी प्रभाव की चर्चा चलती रही।

अपनी कुटीर में लौटा तो उषा ने विशेष आग्रह से सत्कार किया। देर तक सोमनाथ ने वन्दना को कथाएं सुनाईं। उषा भी सुनती रही।

बहुत रात बीते भी न सोम नाथ को नींद आई, न उषा को। कुछ सोमनाथ कहना चाहता था और कुछ उषा कहना चाहती थी। मगर दोनों ही चुप थे।

अंधेरी कुटिया में छोटा-सा दिआ टिमटिमा रहा था। उषा का दिल कह रहा था, जो सत्य है प्रकट कर दे। मगर, टिमटिमाते दिए की तरह उसका संकल्प भी जलता-बुझता रहा। इतना साहस न बटोर सकी कि सचाई को अपने शब्दों में कह सकती।

आश्रम की कुटिया के चारों ओर गहरा अंधेरा छाया हुआ था। मौन की गहरी खाई से उठकर कई बार उसने साहस किया लेकिन 'सोम-सोमजी' कहते-कहते उसका स्वर हर बार अंधेरे में डूब गया। फिर अन्तिम बार कोशिश की। हृदय पर पहाड़ का बोझ रखकर कहना शुरू किया, "सुनिए, यह बालक...यह फकीर का, देवता का..." कहते-कहते उषा ने जब आंसुओं से भरी आंखें उठाईं तो देखा कि सोमनाथ गहरी निद्रा में अचेत था।

दो रातें इसी तरह गुज़र गईं। तीसरे दिन से घटनाएं घटनी शुरू

हो गई। दोपहर को दारोगा दो सिपाहियों के साथ वहां आया। उसने बच्चे को अपने पास मंगवा भेजा। दारोगा ने यह भी कहा कि यहां से कुछ दूर कर्णपुर के शिशु पालन मंदिर में इसके पालन-पोषण की व्यवस्था होगी और इसी संस्था की ओर से इसे शिक्षा दी जाएगी। अनाथ बच्चों का वह बहुत अच्छा आश्रम है।

यह बात अनहोनी-सी हो गई थी। बच्चे से दूर होने की आशंका ने उषा को फिर तड़पा दिया। उसका धड़कता हुआ दिल कह रहा था, 'अब तुझे बच्चे का चेहरा भी देखने को न मिलेगा।'

मां का दिल कब तक अपने जिगर के टुकड़े को अपने से दूर रखने की आज्ञा देता! उसका हृदय चीत्कार कर उठा, 'वह मेरा है, मेरा है।' उसके कांपते हृदय की हर धड़कन चिल्ला उठी, 'यह मेरा है।' लेकिन मुख से आवाज़ न निकली, न निकली। दारोगा के साथ आए दो सिपाही बच्चे को वहां से चालीस कोस दूर बसे कर्णपुर के अनाथालय में ले गए।

बच्चा तो चला गया, लेकिन गांव पर अपनी छाया छोड़ गया। गांव में अजीब खलबली मच गई थी। थाने के सिपाहियों ने बहाना पाकर गांव की कुंआरी लड़कियों और विधवाओं को तंग करना शुरू कर दिया। थानेदार ने खुलेआम कहना शुरू कर दिया था कि वह बच्चा आश्रमवालों के पाप का नतीजा था जिसे छिपाने को वे उसे फकीर का कह रहे थे। थानेदार ने असली अपराधी का पता देनेवाले को पचास रुपये इनाम देने की घोषणा भी कर दी थी। लोगों का यह भी ख्याल था कि उषा बाबाजी के आश्रम में रहने वाली एक कुलच्छनी विधवा के पाप पर परदा डाल रही थी।

अफवाहों का अंधड़ दिनों-दिन घना होता गया। हर दिन कोई

नई बात सुनने को मिलती थी। 'इन उपद्रवों की जड़ मैं हूं'—यह सोचकर उषा की नस-नस में आत्मग्लानि की लहर दौड़ जाती थी। यह और भी दुगुनी हो गई जब उसे यह भी उड़ती हुई खबर सुनाई दी कि अनाथालय में बच्चा मां का दूध न पाकर तड़पता है। उसकी भूख-प्यास खत्म हो गई, तीन दिन से अन्न का एक ग्रास भी नहीं लिया। दिन-भर बुझे दीए-सी घर में ही सिमटी रहती।

तब एक दिन सोमनाथ उसके पास आया और कन्धे पर हाथ रखते हुए पूछा—

"तुम इतनी बेचैन-सी क्यों रहती हो ?"

उषा को लगा, भगवान स्वयं उसके दिल में झांक रहा है, और वह मंदिर के देवता के सामने खड़ी है, जिससे कुछ छिपाया नहीं जा सकता। उसके हृदय का द्वार खुल गया और आंखों से बहती त्रिवेणी के साथ सच्ची कहानी स्वयं मुख से निकलने लगी।

उषा ने अपनी बात पूरी की ही थी कि दरवाजा खुला। बाबाजी अन्दर आए। बाहर से ही उन्होंने उषा को अपनी बात कहते सुन लिया था। पिछले कुछ वाक्य उनके कानों में पड़ गए थे।

उनके अन्दर आते ही उषा बरामदे में चली गई। बाबाजी सोमनाथ के पास बैठ गए। थोड़ी देर चुप्पी रही। सोमनाथ तो गहरे असमंजस में पड़ा था और बाबाजी सोच रहे थे, किस ढंग से इस उलझी बात का सिरा पकड़ा जाए। कई वाक्य बने और रद्द हुए; आखिर उन्होंने कहा—

"मैं तुम्हारी उलझन जानता हूं..."

सोमनाथ ने बात काटते हुए कहा—

"आप शायद नहीं जानते..."

"मैं, जितना तुम जानते हो, उससे ज़्यादा जानता हूं।"

"आप जानते ही हैं, तो आप ही बतलाइए।" सोमनाथ ने सारा भार उनके कन्धों पर डालकर, मानो निश्चिन्त हो गया हो ऐसी लम्बी सांस लेते हुए कहा।

बाबाजी इस प्रश्न का उत्तर देने के लिए तैयार होकर ही आए थे ; बोले—

"सबसे पहले तो, जो भी हो चुका उसके लिए दोषी कौन है, यह छानबीन करने की चिन्ता छोड़नी होगी।"

"कोई भी चिन्ता छोड़ने से कहां छूटती है। आप छोड़ने की जितनी कोशिश की जाय उतनी ही वह चिपटेगी।"

"ठीक है, मगर जिसने अगले काम की चिन्ता करनी है उसे गुज़रे समय की चिन्ताओं से छुटकारा पाना ही होगा।"

"यह तो ठीक है," सोमनाथ का उत्तर था।

बाबाजी ने कड़ी के साथ कड़ी मिलाते हुए कहा—

"तो यह भी ठीक है कि अब यह बच्चा तुम्हारा है।"

"यही सोचने की कोशिश कर रहा हूं।"

"सोचने का समय समाप्त हो चुका। जीवन में जो भी महत्त्व की बातें होती हैं, अकस्मात् होती हैं—उन्हें ईश्वरीय विधान मानकर अपने धर्म का पालन करना होता है।"

"मगर ऐसा तो कभी नहीं होता, अधर्म को पालना धर्म हो जाए, यह बात विचित्र मालूम होती है।"

बाबाजी ने समाधान करते हुए कहा—

"अनजाने में किए गए कार्य का दण्ड मनुष्य द्वारा नहीं दिया जाता। उसका न्याय भगवान ही करते हैं। ऐसे समय तो और भी हमदर्दी होनी चाहिए। खासकर उससे, जिससे हमारा स्नेह हो।

...तुम उषा से स्नेह करते हो ?"

"अवश्य करता हूं।"

"तो उसे इस समय तुम्हारी सहानुभूति की ही सबसे अधिक आवश्यकता है। भगवान का प्रेम भी जहां विमुख हो जाए, वहां मनुष्य का मनुष्य के प्रति प्रेम ही आश्रय बनता है। मनुष्य का प्रेम तब भगवान की श्रद्धा से भी अधिक मददगार हो जाता है।"

सोमनाथ भी भावुक था, मगर उनका मन सामाजिक मान्यताओं के प्रतिकूल सोचने की आज्ञा नहीं देता था। जैसे संशयात्मा अर्जुन को उनके सारथी कृष्ण ने समझाया था उसी प्रकार बाबाजी ने सोमनाथ के शिथिल होते मन को समझाया।

सोमनाथ बड़ी श्रद्धा से सुन रहा था।

बाबाजी ने पन्द्रह साल पहले भारत-पाक विभाजन की याद दिलाते हुए अपने ही जीवन की जो हृदयस्पर्शी घटना सुनाई, तो सोमनाथ के रोंगटे खड़े हो गए।

बाबाजी ने जो कहा, वह संक्षेप में यह था—

"मेरे बाबाजी बनकर मानव-मात्र के सेवक बनने की भी कहानी है। मैं एक ज़मींदार था। विभाजन के बाद पंजाब के जिला गुजरांवाला में मेरे ही काश्तकारों ने या अली, या अली, करते हुए मेरी हवेली को घेर लिया। वहां उस समय मेरी औरत के अलावा सत्तरह साल की लड़की भी थी। मैंने हवेली का सदर दरवाज़ा बन्द कर लिया और छज्जे पर कारतूस-भरी बन्दूक लेकर बैठ गया। काश्तकारों के मुखिया ने मेरे हाथ में बन्दूक देखी तो कहा, 'शाहजी, हम आपको कुछ नहीं कहेंगे, हमने आपका नमक खाया है। अगर आप अपनी जायदाद का आधा हिस्सा हमें दे डालेंगे तो हम अपनी हिफाज़त में आपको भारत की

सरहद तक पहुंचा देंगे। मैं पहले तो नहीं माना, मगर जब उन्होंने कुरान हाथ में लेकर कसम खाई तो मैं मान गया। दरवाज़ा खोला ही था कि भीड़ में से किसीने मुझपर गोली चला दी। मैं गिर पड़ा। मेरे गिरते ही भीड़ अन्दर घुस आई। मेरी बेहोशी में डूबती आंखों के सामने वह मेरी जवान लड़की को ज़बरन घसीटकर ले गए। मेरी आंखें बन्द हो गईं। कब तक मैं बेहोश रहा कुछ मालूम नहीं।...जब आंख खुली तो मैंने देखा हवेली के तहखाने में एक बुढ़िया मेरे सिरहाने बैठी थी। वह बरसों से मेरे घर का काम करती थी। उसने बतलाया कि मुझे मुर्दा समझकर वे मेरी लड़की लेकर जल्दी से भाग गए थे। बुढ़िया ने दस-पन्द्रह दिन की खिदमत से मेरी जान बचा ली। उसने मुझे वहां से भाग जाने की राय दी। मैं हवेली से तो निकल गया, मगर अपनी बेसहारा लड़की को अंधेरे में छोड़कर मेरा मन पाकिस्तान से भागने को न हुआ। सरहद के पास आकर मैंने मुसलमानी पहरावा पहना और फिर गुजरांवाला का रास्ता पकड़ा। हवेली से बाहर आते हुए मैंने अपने घर में गड़े खज़ाने में से सब रुपये निकालकर पांच हज़ार रुपये बुढ़िया महरी को दे दिए थे और पन्द्रह हज़ार के लगभग अपने पास रख लिए थे। मेरी औरत ने बुरका पहन लिया और मैंने पठानी भेस अपनाया। आठ-नौ महीने हम भेस बदले हुए जगह-जगह की खाक छानते रहे।

"आखिर हमने अपने कस्बे के मजिस्ट्रेट की भी जेब गरम की। वह मेरा पुराना दोस्त था और शरीफ था। पांच हज़ार रुपये लेकर उसने मेरी लड़की को तलाश करवाने में मेरी मदद की।

"इन कोशिशों का नतीजा आखिर मिल गया। एक दिन हम दोनों जब मजिस्ट्रेट की कचहरी में बैठे थे कि कचहरी के अहाते में एक लड़की हमारे ही गुमाश्ते के साथ आई। मजिस्ट्रेट की जेब गरम

हो चुकी थी, इसलिए हमने उससे यह भेद खोल दिया। मजिस्ट्रेट ने दोनों को बुलाया। तब पता लगा कि वह गुमाश्ता मेरी लड़की से शादी करके रजिस्टर्ड कराने वहां आया था। मजिस्ट्रेट ने लड़की का बयान लिया। लड़की बहादुर थी। उसने साफ कह दिया, 'मैं इससे शादी करना नहीं चाहती।' लड़की हमारे हवाले कर दी गई। सिपाहियों के संरक्षण में हम उसे अमृतसर तक ले आए। मगर, समस्या थी कि उससे शादी कौन करेगा।

"सब यही आपत्ति करते थे कि वह दस महीने मुसलमान के घर रह आई है, पाक नहीं रह सकती। मगर, आखिर एक साहसी युवक मिल गया। लड़की ने उससे स्पष्ट ही कह दिया कि उसे अछूता न माना जाय। पहले ही उसके मां बनने की संभावना है। युवक उदार था। दोनों की शादी हो गई। उस बालक ने भी जन्म लिया जिसके पिता का कुछ पता नहीं था। मगर दोनों ने उसे अपना बच्चा ही माना।"

सोमनाथ आश्चर्य से यह कथा सुन रहा था। उसने कहा—

"युवक सचमुच उदार था।"

"हां, मगर ऐसी हज़ारों लड़कियां हैं, जिन्हें इस हालत में उनके मां-बाप ने भी नहीं अपनाया।...दुनिया में हर किस्म के आदमी हैं। तुम्हें अपना स्थान चुनना है बेटा।"

सोमनाथ बाबाजी को अटूट श्रद्धा से देख रहा था। उन्होंने उसे नया जीवन दिया था। उसके मन में यदि कुछ सन्देह था, तो वह मिट गया।

सोमनाथ ने झांककर देखा तो गांव के लोगों की भीड़ जमा थी। आश्रम की उस सेविका को, जिसने उषा की धाय का काम किया था, दारोगा ने पकड़ लिया था; और उससे सब भेद लेकर गांव में

यह बात फैला दी थी कि उषा ने जारज बच्चे को जन्म दिया था।

दारोगा चाहता था कि सोमनाथ, बाबाजी और उनके आश्रम की ईंट से ईंट बजा दे। दारोगा आश्रम से जला बैठा था। बाबाजी उसके अत्याचारों की चर्चा ज़िलाधीश से करते रहते थे। उनकी पहुंच ऊंचे अफसरों तक थी, यह बात दारोगा को नापसन्द थी।

उसी समय बाहर शोर सुनाई दिया। गांववाले हाथ में मशालें लिए आश्रम के सामने आ गए थे। गांव-भर को परेशानी में डालनेवाली स्त्री से वे उसके पाप का बदला चाहते थे। उस डरावनी रात में गांव के सैकड़ों सशस्त्र आदमी आश्रम के आंगन में घुस आए। उन मशालों की एक चिनगारी से आश्रम का तिनकों का घोंसला राख हो सकता था।

उषा डर से कांप उठी थी। वह अचल मूर्तिवत् खड़े सोमनाथ के चरणों में टूटी शाख-सी गिर पड़ी। सोमनाथ चट्टान की तरह अटल खड़ा था। उषा उसके कदमों पर सिसकियां भर रही थी। सोमनाथ चाहता तो पैर की एक ठोकर से उषा को पाप की सज़ा दे देता, उषा इसी ठोकर की प्रतीक्षा कर रही थी। उसका हृदय चीत्कार कर रहा था, 'मुझ पातकी का अन्त कर दो। इस कलंक को मिटा दो, पृथ्वी का भार हल्का कर दो।'

थोड़ी देर बाद सोमनाथ के हाथ बढ़े, अपनी सबल भुजाओं का आश्रय देते हुए वह उषा से बड़ी कोमलता से बोला, "उठो, उषा, जो हो गया, हो गया। मैं सजा देनेवाला कौन ? भगवान का द्वार सबके लिए खुला है। इस पाप-भरी दुनिया में कौन ऐसा है, जो निष्पाप है। दंड भगवान ही देता है, मनुष्य नहीं। डरो नहीं ! गांववाले तुम्हारा बाल बांका भी नहीं कर सकते। मैं तुम्हारे साथ हूं, और साथ ही रहूंगा, मुझपर भरोसा रखो, उठो, उठो !"

सोमनाथ का स्वर गांववालों के भयंकर कोलाहल में डूब गया। सारा गांव उषा को घर से बाहर कर देने का शोर मचा रहा था। एक स्वर से सब कह रहे थे—

"आश्रम को जला दो, उस कलंकिनी को बाहर भेजो, हम उसे दंड देंगे।"

आपको उसे सज़ा देने का कोई हक नहीं। बच्चा मेरा है; वह कलंकिनी नहीं, मेरी पत्नी है।" सोमनाथ ने हाथ उठाकर गम्भीर घोष के साथ कहा।

गांववालों का शोर आया—

"अब यह गांव में नहीं रह सकेगी। हम एक क्षण भी इस पापिनी से अपने गांव को कलंकित नहीं होने देंगे।"

सोमनाथ अपने स्थान पर अटल रहा। आकाश को थर्रा देनेवाली आवाज़ में उसने कहा, "उषा मेरी पत्नी है, वह मेरे साथ ही रहेगी, जो कुछ उसने किया उसकी सज़ा मुझे दीजिए। उसके भलेबुरे, यश-अपयश दोनों का भागीदार मैं हूं।"

सोमनाथ की अटल प्रतिज्ञा देख, भीड़ का रुख पलटा। धीरे-धीरे सब लोगों ने मशालें उठाईं और आश्रम का आंगन खाली कर दिया। सोमनाथ को सारा गांव संत मानता था। उसके आगे सबका माथा झुक गया।

उषा ने सारी रात अपने आंसुओं से सोमनाथ के चरण धोते हुए काट दी। उसकी महानता के आगे वह अपने को बहुत क्षुद्र अनुभव कर रही थी।

किन्तु उसे तो और भी उदारता की ज़रूरत थी। केवल सोमनाथ की शरण पाने से ही उसका चित्त शांत नहीं हो सकता था। अपने

बच्चे, अपने जिगर के टुकड़े, को पाने के लिए उसका हृदय अधीर हो रहा था—हृदय साक्षी नहीं देता था कि कोई मनुष्य अपनी स्त्री के जारज को अपना बनाकर रखने को तैयार हो सकता है। उससे यह मांग करना ही अन्याय था। पति के घाव पर नमक लगाना था। किन्तु सोमनाथ सचमुच इतना ही उदार निकला।

सुबह बाबाजी के चरणों में बैठकर सोमनाथ ने वचन दिया, "मैं उषा के बच्चे को चाहे वह किसी के संबंध से भी पैदा हो हुआ हो, देवता का दान समझकर ही उसका पालन-पोषण करूंगा। वह उषा का बच्चा है, इसलिए मेरा ही बच्चा है।"

उषा सोमनाथ के चरणों पर झुक गई। उसने मन ही मन उसकी आरती उतारी। उसे कोई सन्देह नहीं रहा कि आसमान के देवताओं का देवत्व भी उसके पति से अधिक तेजवन्त नहीं हो सकता।

सोमनाथ के वचन से बाबाजी का मन पूरी तरह आश्वस्त हो गया। वे भी समझ गए कि सोमनाथ उनके गुरु-आश्रम से दिव्य शिक्षा लेकर वापस आया है।

सोमनाथ उस बच्चे को अनाथालय से घर ले आया। सभी दृष्टियों से वह बालक सोमनाथ का हो गया। सोमनाथ ने उसे पिता का पूरा प्रेम दिया। बालक मां से अधिक बाप को ही प्यार करता था।

धीरे-धीरे सोमनाथ और उषा भी इस बात को भूल गए कि इन्द्र के साथ कोई असाधाण कहानी जुड़ी हुई है।

बालक इन्द्र अब स्कूल जाने लगा।

इसी प्रकार आठ वर्ष बीत गए। सोमनाथ की स्थिति वैसी ही थी, जैसी आठ वर्ष पहले। पेन्शन के रुपयों से वह अपनी गृहस्थी चला रहा था और आश्रम के सेवा-कार्यों में उसका समय लगता था। उषा इन्द्र के पालन-पोषण में लीन थी।

सब काम यथावत् चल रहा था। किन्तु कभी किन्हीं घड़ियों में उषा के पुराने ज़ख्म हरे होने लगते थे और वे घड़ियां प्रायः रोज़ आ जाती थीं।

इन्द्र राकेश की पूरी अनुकृति था, मानो कलाकार ने राकेश को सामने बिठाकर उसका चित्र बनाया हो। आकृति-साम्य की बात को वह बरसों से भुलाने की कोशिश कर रही थी; लेकिन अब तो उस छोटे-से शैतान ने गुनगुनाना शुरू कर दिया था। उसमें भी राकेश के स्वरों की हूबहू छाया देखकर उषा का दिल कांप गया। उन स्वरों को सुनकर उषा को ऐसा लगता था जैसे कोई उसके प्राण खींच रहा हो।

उषा को भय था कि कहीं वह गाना न शुरू कर दे। इसलिए उसने इन्द्र को संगीत से दूर रखा। 'गाना बुरे लड़कों का काम है' यह शिक्षा दे-देकर उसने इन्द्र के स्वरों पर ताला लगाना चाहा।

मगर इन्द्र के स्वरों का प्रवाह इतना कमज़ोर नहीं था। घर में उसपर रोक थी ; मगर स्कूल में वह फूट पड़ा। उसके स्वर उषा को न जाने कैसी ज़ंजीरों में जकड़कर राकेश की स्मृति तक पहुंचा देते थे—'राकेश कहां है, क्या करता है...' आदि कोई खबर उषा के कानों तक प्रत्यक्ष रूप से नहीं पहुंचती थी। किन्तु रेडियो पर प्रसारित फिल्मी गानों में उसका नाम कई बार लिया जाता था। इन पिछले दस वर्षों में वह पार्श्वगायकों में शिरोमणि गायक भी माना जा चुका था। उसका यश देश के कोने-कोने में फैल चुका था।

इन्द्र ने भी राकेश के कई गाने कण्ठस्थ कर लिए थे। आज स्कूल की सभा में उसने ऐसा गाना गाया था जिसपर उसे फिल्मी गानों के कार्यक्रम में अव्वल स्थान मिला।

इन्द्र के कण्ठ का माधुर्य अलौकिक था और उसकी आवाज़ मोहक थी। केवल राकेश के स्वर में ही ये दोनों गुण एकसाथ विद्यमान थे।

स्कूल के प्रिंसिपल ने इन्द्र की प्रशंसा की और उसे संगीत सीखने के लिए स्कूल की विशेष छात्रवृत्ति पर दिल्ली के गांधर्व संगीत विद्यालय में भेज दिया।

× × ×

इन दो सालों में एक दिन सबने बम्बई की यह खबर बड़े दुःख से सुनी कि राकेश की मृत्यु हो गई। अखबारवालों ने टिप्पणी की थी कि देश का शिरोमणि गायक चल बसा। राकेश का असमय ही अवसान हो गया। फिल्मी दुनिया के अमर्यादित भोग-विलास और मदिरा-सेवन ने राकेश के तन-मन को खोखला कर दिया था। इस दुनिया में उसका इतने वर्ष भी जीना आश्चर्यजनक था।

× × ×

दो साल की निरन्तर साधना के बाद, इन्द्रनाथ ने जब दिल्ली के संगीत सम्मेलन में विशेष पुरस्कार पाया, तब सब अखबारों के संगीत-आलोचकों ने लिखा—"इन्द्रनाथ के स्वरों में राकेश के समान मिठास और माधुर्य है।"

समालोचना पढ़कर दिल्ली के मुख्य फिल्म-डिस्ट्रीब्यूटर गोपीनाथ इन्द्रनाथ को अपने खर्चे पर बम्बई ले गए; और वहां एक फिल्मकम्पनी में उसे बालक का अभिनय करने का और गाना गाने

का कण्ट्रैक्ट करा दिया।

"राकेश के रिक्त स्थान को इन्द्रनाथ भर देगा।"—ऐसी टिप्पणियों से बम्बई के फिल्मी समाचार भर गए।

...और एक दिन जब इन्द्र का पहला गाना, जो उसने एक फिल्म में गाया था, रिकार्ड भरकर दिल्ली स्टेशन से रिले हुआ तो सोमनाथ और उषा ने भी सुना।

उषा का सिर नीचा हो गया। सोमनाथ ने उषा की चिबुक उठाकर उसकी सहमी आंखों में आंखें गड़ाकर कहा—

"जिसका परिणाम इतना मधुर हो, उसे पाप कैसे कह सकते हैं? पाप-पुण्य को अपनी तराज़ू पर तोलना ही अनधिकार है। यह काम तो भगवान के हाथों ही शोभा देता है।"

उषा ने सोमनाथ की गोद में सिर छुपाते हुए कहा, "भगवान क्या आपसे भी अधिक बड़ा है?"

आदिकथन

अवैध सन्तान की समस्या के सम्बन्ध में दो शब्द

प्रस्तुत उपन्यास का नायक एक ऐसे बालक को अपनाता है जो उसकी पत्नी का होकर भी उसका अपना नहीं है। वह ऐसे बालक का पिता बनना कबूल करता है जिसकी माता उसकी पत्नी है किंतु जिसका पिता कोई अज्ञात व्यक्ति है। नायक की इस उदार सहिष्णुता को उपन्यास में गौरवान्वित माना गया है।

उपन्यास का मुख्य विषय अवैध सन्तान की समस्या नहीं है ; मुख्य तो उपन्यास की कहानी ही है, किंतु इस समस्या पर प्रसंगवश पर्याप्त चर्चा हो गई है। कथावस्तु जानने के बाद, मेरे अनेक मित्रों ने इस अत्यंत विवादग्रस्त विषय पर कुछ विचार प्रकट करने का आग्रह किया ; अतः इस प्रश्न के समस्यात्मक रूप पर भी कुछ शब्द आदिकथन के रूप में लिख देना अप्रासंगिक न होगा।

अवैध संतान की समस्या आज के अर्थ-प्रधान युग की प्रमुख समस्याओं में से एक है। भिन्न-भिन्न देशों में इस समस्या का रूप ज़रूर उन देशों की भिन्न परिस्थितियों के अनुसार भिन्न हो गया है, किंतु मूलतः समस्या का आधार एक ही है।

समय के साथ इस समस्या के रूप भी बदलते रहे हैं। एक समय ऐसा भी था जब स्त्री-पुरुष के यौन-आकर्षण का वैधानिकता के साथ कोई सम्बन्ध न था। उस समय दोनों के सहज सम्बन्धों

में अवैधानिकता की कल्पना भी नहीं बनी थी। उन दिनों पुरुष संतानोत्पत्ति की इच्छा से उसी स्त्री का वरण करने में अधिक रुचि दिखलाते थे जो पहले भी मां बनकर मां बनने की योग्यता प्रमाणित कर चुकी होती थी।

उस समय स्त्री की किसी भी संतान को अवैध नहीं माना जाता था।

बाद में वह समय आया जब समाज अनेक वर्गों में विभाजित हुआ। धर्म, धन, विद्या, व्यवसाय, पद आदि के अनेकत्व से अनेक वर्ग बन गए। तभी वैध-अवैध की सीमाएं भी बनीं। किन्हीं वर्गों में ये सीमा-रेखा बहुत संकीर्ण बना दी गई और किन्हीं में पर्याप्त शिथिलता रखी गई।

इस परम्परा पर सबसे पहला अंकुश तब आया, जब समाज में धार्मिक विश्वासों की श्रृंखलाएं मज़बूत बनीं और आचार-विचार का नियोजन एवं अनुशासन धर्म-प्रभुओं के हाथ में आया।

इस अंकुश की अनेक शुभाशुभ प्रतिक्रियाएं हुईं। मानवी व्यवहार अधिक संयत हो गया, यह एक शुभ परिणाम था। किंतु एक अशुभ परिणाम भी सामने आया। वह यह कि इससे सामाजिक नैतिकता के मूल्यांकन में दोहरे मानदंडों का प्रचलन शुरू हो गया।

एक पुरुष के लिए, दूसरा स्त्री के लिए। पुरुष को अपेक्षाकृत अधिक स्वाधीनता दी गई, और स्त्री को लौह शृंखलाओं में ऐसा जकड़ दिया गया कि वह बेबसी में ही धार्मिक महानता देखने लगी।

यह विषमता और भी बढ़ती गई जब दुनिया अर्थ-प्रधान होती गई और अर्थोपार्जन के साधनों पर पुरुष अपना एकाधिकार बनाता गया।

इससे स्त्री का दर्जा समाज में इतनी परवशता का हो गया कि लेश-

मात्र स्वतन्त्रता लेने पर उसे अमानुषिक यातनाओं का शिकार बनना पड़ता था। स्त्री के लिए यह अपराध इतना जघन्य समझा जाता था कि एक बार की शिथिलता पर उसका जीवन नारकीय बना दिया जाता था। उसे अपने अवैध बालकों का परित्याग करना पड़ता था। कुन्ती को कर्ण का विसर्जन करना पड़ा। इतिहास ऐसे उदाहरणों से भरा पड़ा है।

आज भी स्त्री को और उसकी अवैध सन्तान को इन यंत्रणाओं का शिकार बनना पड़ता है। अभी की घटना है कि कोटि-कोटि डालरों की मालकिन फिल्म अभिनेत्री मारलिन मनरो ने केवल अवैध संतान होने के लांछन से अभिशप्त होने के कारण ही जीवन-भर कष्ट उठाए। 12 धर्मपिताओं का आश्रय ढूंढ़ा ; और अन्त में उसने आत्महत्या भी की।

इस लांछन से बचने का एकमात्र यह उपाय प्रचलित हुआ कि माताओं ने ऐसे बच्चों की हत्या शुरू कर दी। 1717 ई० में फ्रांस के प्रसिद्ध लेखक वाल्टेयर को पत्र लिखते हुए फ्रेडरिक दि ग्रेट ने लिखा था कि जर्मनी में मृत्युदण्ड पानेवाले व्यक्तियों में उन माताओं की संख्या सबसे अधिक है जो अपनी अवैध संतान को अपने हाथों मार देती हैं।

दुनिया में जन्म लेनेवाले बच्चों में 10 प्रतिशत अवैध होते हैं। ऐसे लांछित बच्चों की संख्या भिन्न देशों से इस प्रकार है।

पैदा होनेवालों की संख्या औसतन 1000 मानी जाय, तो अवैध रूप से पैदा होनेवालों की संख्या निम्न प्रकार होगी :

वीयेना	449	बुडापेस्ट : हंगरी :	296
प्राग	439	पेरिस	268
यूनिक	439	रोम	194

(स्वीडन) स्टाकहोम	396	बलिन	154
मास्को	300	हेमबर्ग	139
हेग : हालैंड :	99	लन्दन	94
अमेरिका	220		

बम्बई में भी ऐसे बच्चों की संख्या कम नहीं है। महाराष्ट्र सरकार ने विधान सभा में जो वक्तव्य दिया था उसके आधार पर एक वर्ष में 634 अवैध बच्चे अस्पतालों में दाखिल किए गए थे। इन बच्चों का कोई अभिभावक नहीं बना।

यह संख्या तो केवल विधिवत् पंजीकृत हुए बच्चों की संख्या है। इससे वास्तविक संख्या की कल्पना की जा सकती है, जो इससे दुगुनी अवश्य होगी।

जो विधान किसी भी माता को अपनी संतान का गला घोटने पर मजबूर करता है, वह अमानुषिक है। दुनिया के जिस कानून के मुताबिक हज़ारों माताएं अपने सद्यःजात मासूम बेटे-बेटियों का गला घोट रही हों, वह कानून स्वयं पैशाचिक है। बड़े से बड़े धर्म की ऋचाएं भी उस क्रूरता का कलंक धोने में असमर्थ रहेंगी।

इस समस्या के समाधान का यत्न सभी देशों में विविध उपायों से समय-समय पर होता रहा है। अनाथालयों द्वारा तथा गोद लेने की रसम द्वारा भी इसके क्रूर प्रभावों को कम करने अथवा इसके खूनी घावों पर मरहम लगाने का यत्न किया जा रहा है।

अमेरिका में इसने एक आन्दोलन का रूप लिया है। वहां 'Big brother movement' (बिग ब्रदर मूवमेण्ट) नाम से एक देशव्यापी संस्था चली है, जिसे प्रेसिडेण्ट केनेडी का भी आशीर्वाद प्राप्त है। अन्य देशों में सामाजिक संस्थाएं प्रायश्चित्त करने का यत्न करती हैं।

किंतु यह बात स्पष्ट है कि ये समाधान सतही हैं, समस्या की जड़ तक नहीं पहुंचते।

इसका मुख्य कारण यह है कि अभी तक केवल आर्थिक दृष्टि से ही इस समस्या पर विचार किया गया है।

वस्तुतः यह समस्या केवल आर्थिक नहीं है बल्कि इसका सामाजिक, मानवी और भावनात्मक रूप और भी महत्त्वपूर्ण है।

अभी उस माता की भावना पर किसीकी दृष्टि नहीं जाती जो सामाजिक लांछन से बचने को अपने हृदय के टुकड़े को या तो नष्ट कर देती है या उसे अपने से अलग छोड़ देती है।

इसके भावनात्मक पक्ष को देखते हुए हमें इस समस्या का यही प्रभावशाली समाधान मालूम होता है कि समाज की व्यवस्था में मौलिक परिवर्तन किया जाए।

परिवर्तन के रूप अनेक हो सकते हैं ; किन्तु उसकी मूल भावना एक ही है। वह है समाज में माता का स्वतन्त्र दर्जा मानना। स्त्रीत्व और मातृत्व को समाज में आदर का स्थान मिले, यही इसका मूलभूत समाधान है। इसी दृष्टि से हम मातृवंश की प्राचीन परम्परा को पुनरुज्जीवित करें और उसे ही उत्तराधिकार स्थिर करने का आधार मान लें, तो इस रोग का उपाय हो सकता है। मातृवंश का सिद्धान्त कोई अनोखी कल्पना नहीं है।

हज़ारों वर्ष पूर्व जब आधुनिक सभ्यता ने अपना प्रभाव पूरी तरह नहीं जमाया था और स्त्री अपने अस्तित्व के लिए केवल पुरुष की ही अर्थक्रीत दासी नहीं बनी थी, उस समय मातृवंश की पद्धति ही उत्तराधिकार की आधार थी।

सामाजिक प्रथाओं के प्रभाव से अलग होकर विशुद्ध विवेक की

सहायता से भी विचार किया जाय, तो मातृवंश की प्रणाली ही अधिक सच्ची, न्यायपूर्ण और बुद्धिसंगत मालूम होगी। सच्ची इसलिए कि संतान पर माता की मोहर ही शतप्रतिशत सत्य हो सकती है। न्यायपूर्ण और बुद्धिसंगत इसलिए कि घर और संतान की दृष्टि से माता का दर्जा ही अधिक महत्त्वपूर्ण है। सच्चे अर्थों में गृहस्वामिनी वह तभी हो सकती है जबकि उसे अपनी संतान को अपना वंश, नाम तथा सम्पत्ति देने का अधिकार हो। यह भी तभी सम्भव है जब वह पहले घरेलू संपत्ति की पूर्ण अधिकारिणी भी बने।

यह बात तभी पूरी होगी जब कन्या को वरवक्ष के पराये घर जाने के लिए विवश न करके विवाह करके भी अपने ही घर में रहने का अधिकार दिया जाएगा। वैसे भी यह बात अधिक न्यायसंगत प्रतीत होती है कि पुत्र और पुत्री में से मां-बाप का आश्रय पुत्र की प्रपेक्षा पुत्री को अधिक मिले, क्योंकि :

1. लड़की निसर्गतः किसी आश्रय की अपेक्षा रखती है। उसे तनी कच्ची उम्र में एक नये और पराये घर भेज देना अत्यन्त क्रूरतापूर्ण प्रतीत होता है।

2. माता-पिता के वृद्धकाल की सुरक्षा की दृष्टि से भी यह उचित है। मां-बाप अपने पुत्र को ही घर की मिल्कियत देकर पुत्र-वधू पर आश्रित हो जाते हैं। पराये घर से आई बहू के मन में वृद्ध माता-पता के लिए कोई आदर-स्नेह नहीं हो सकता। परिणामतः माता-पिता सर्वथा पराश्रित हो जाते हैं।

नई सभ्यता से प्रभावित देशों का यह एक बड़ा अभिशाप बन गया है कि वहां वृद्ध पुरुषों का जीवन नारकीय हो गया है। इन देशों में मां-बाप और बच्चों के बीच कोई भावनात्मक श्रृंखला नहीं रही।

सूखी गाय को जैसे पिंजरापोल में मरने को छोड़ दिया जाता है वैसे ही बूढ़ी मां भी मृत्यु के दिन गिनने को अनाथालय में छोड़ दी जाती है। यही अवस्था उस पिता की होती है जिसकी हडिडयां आयु भर मेहनत करके अब बेदम हो चुकी होती हैं।

इस समस्या का हल भी यही है कि माता को परिवार का आधार माना जाए, पिता को नहीं। जिस घर की स्वामिनी लड़की होगी उसमें माता-पिता का आश्रय अवश्य मज़बूत रहेगा।

आज की दुनिया में यह विचार कुछ अनोखा-सा मालूम होता है। कारण, कि सभी देशों में पितृवेश की प्रथा ही प्रचलित है। अपवाद रूप से कहीं-कहीं कुछ आदिजातियां आज भी विद्यमान हैं, जिन तक आज की सभ्यता का प्रभाव नहीं पड़ा है और जो वंश-परम्परा में पिता को महत्त्व देती हैं।

●